浅思录

池明学　著

河南文艺出版社
·郑州·

图书在版编目(CIP)数据

浅思录/池明学著. —郑州:河南文艺出版社,
2017.11(2019.9 重印)

ISBN 978-7-5559-0631-5

Ⅰ.①浅…　Ⅱ.①池…　Ⅲ.①中国文学-当代文学-作品综合集　Ⅳ.①I217.2

中国版本图书馆 CIP 数据核字(2017)第 287562 号

QIANSILU

出版发行	河南文艺出版社	
本社地址	郑州市郑东新区祥盛街 27 号 C 座 5 楼	
邮政编码	450018	
承印单位	三河市兴国印务有限公司	
经销单位	新华书店	
开　　本	890 毫米×1240 毫米　1/32	
印　　张	8.75	
字　　数	196 000	
版　　次	2017 年 11 月第 1 版	
印　　次	2019 年 9 月第 2 次印刷	
定　　价	48.00 元	

印厂地址　河北省三河市北外环路南密三路东

邮政编码　065200　　电话　0316-7151808

目 录

岁月感悟

3　观棋有感

6　理直也莫气壮

8　不可懒惰

10　珍惜当下

14　吸烟与戒烟

18　交真友

20　读《全球通史》有感

30　善行·善念·善报

33　王石爬山的启示

35　我读《钱神论》

38　地下 300 米

42　无奈的"官场伦理"

44　话说"随礼"

46　敬酒乎？罚酒乎？

48　羞辱与激励

52　母亲的目光

62　追忆春旺君

65　无奈的饭局

70　超越自己难

74　我少年时的读书趣事

税事随想

79　初次收税

84　豫东监狱参观有感

88　信息时代寻求心灵安宁

91　三种能力

94　排队上车与竞争上岗

97　不要暗中下绊子

99　"疑人偷斧"真人版

103　"任务治税"要不得

105　纳税评估有服务

107　不该有的罢市

110　一场不期而遇的税企座谈会

人生百态

119　也是"慎独"

121　我为柴静点个赞

124　抱怨不如实干

127　管回闲事

132　富人等于绅士？

135　富不过三代？

137　找熟人

140　惯出来的逻辑

142　热心何招怨？

145　人多使靠

社会杂谈

149　从"中国式过马路"想到的

152　GDP 崇拜与洋垃圾

155　"面子"大如天

158　"讲义气"不能破坏规矩

161　幸福是什么

163　游麦积山石窟

166　也谈春晚

168　城管？城赶？

172　站着说话不腰疼

175　谁易知足

177　"核弹克星"梦

180　上海外滩踩踏事件的另类反思

183　"限塑令"的尴尬

187　"诽谤"随想

189　长城·城墙·院墙

192　可是,天知道!

196　文明城市咋"验收"?

199　风筝与风气

201　革命化春节

诗言心声

207　参观中山陵

208　车让行人赞

209　元旦游园偶遇拍婚纱照者

210　抗战烈士陵园扫墓

211　蝶恋花·雨袭晨练人

212　焦作迎宾馆

213　车行挂壁公路

214　悼茂县山体垮塌遇难者

215　观朝鲜"4·15"阅兵

216　西水坡

217　西江月·雨打花落

218　谷雨

219　纪念香港回归二十周年

220　鹧鸪天·月季

221　渔家傲·赞国产航母下水

222　采槐花

223　参观汤阴岳飞庙(七章)

227　六十畅想曲(三章)

229　答友人

230　立夏二首

231　蝶恋花·C919大飞机赞

232　卜算子·芍药

233　辩鱼玄机

236　江城子·母亲节感怀

237　贺"一带一路"高峰论坛(三章)

239　东北庄杂技赞

241　贵州游(三章)

243　龙门石窟

244　义务清洁员

246　城管与小贩

247　小满

248　渔父词·快递小哥

249　盲人按摩师

251　长江污染

252　水调歌头·长江叹

254　割麦机

256　草原天路

257　友人寄粽

258 卜算子·清洁工赞

259 六一儿童节

260 城市散发小广告者

261 广场舞

262 割麦时下雨

263 空巢老人

264 龙湖晨景

265 高考学子

266 六十练书法

267 太行山同学聚会有感

268 太行山度周末

270 接学生记

271 读梁会长诗集有感(三章)

272 后记

岁月感悟

观棋有感

近来无事,常到广场上去看别人下象棋。那里有两个画好棋盘的台子,喜欢下象棋的人们自带棋子,常常围着台子方寸之地去体味古战场上那种运筹帷幄、排兵布阵、金戈铁马、纵横厮杀的感觉。本来这是属于两个棋手之间的游戏,但围观者也大都积极参与其中,纷纷出谋献策,常常就着法优劣争得面红耳赤、不亦乐乎,全然不顾了"观棋不语真君子"的规矩。更有甚者,虽自己不下却还很任性,不仅动口也动手,动辄否定棋手落子的本意而重操棋子按自己的意图走上一步,大有喧宾夺主、架空主帅的意味。若是性情比较平和的棋手也就罢了,遇到强势的主儿,往往吵闹不休,甚至推散棋盘拂袖而去,虽然闹哄哄的,却也别有风味。

下棋我不在行,但看的次数多了,也多少琢磨出了点儿门道。排除棋艺高低、输赢不论,棋手在对弈中的表现往往反映出他的秉性脾气和为人处世的习惯,观棋之余,我自认为对此感悟颇深。

我观察弈棋者可分为以下几种,第一种是深谋远虑并计划缜密型。一般下棋的人都知道要"走一看二想三步",但对这种人来说那还太浅薄,他们想得更深远,并善于谋局造势,对全局有周密的把握,每走一步都很慎重,并能预想到后几步。对方的步骤他也了然于胸，像周朝的姜子牙，总能猜透对方心理似的，步步为营，占尽先机。这种人轻易不会输，他们是弈棋高手中的高手。

第二种是善抓机遇随机应变型。与高手过招时，他们能根据棋盘中局势的变化和对手的招数随时调整自己的战术，必要时能够丢卒保车，甚至丢车保帅，深知有失才能有得的道理，该舍弃某个棋子时绝不拖泥带水。一旦变为被动，他们也能吸纳旁观者的建议，并常能转危为安，起死回生。就像西汉初期的韩信，虽然能赢但属于典型的机会主义者。

第三种是优柔寡断患得患失型。和这种人下棋得有充分的耐心，他们临场总是思虑太多、犹豫不决，常常落子又反悔，不断招致对方的白眼与埋怨。正所谓举棋不定，又不愿听取观棋者的正确建议，经常是哪个子都不舍得丢但又不得不丢。就像三国时期的袁绍，最后全盘皆输还不知根源在哪儿。

第四种是急于求成忙中出错型。他们下棋时收放棋子眼疾手快，对方稍慢一点儿他便不停催促，让旁观者看得眼花缭乱，根本插不上话，三分钟不到，一局输赢便见分晓，感觉他们不是在追求博弈的乐趣，而是在积累下棋的盘数。就像三国时的吕布，勇猛有余而谋略不足，虽然常能取胜，但一遇到真正的高手便一败涂地。

还有一些人完全是情绪型，局面好时就兴高采烈，手舞足蹈，觉得自己就是天下第一高手。见势不妙就弃子投降，垂头丧气，总认为是自己的运气不好。

人生是个漫长的过程，就像下棋一样，需要时常和环境、自身，甚至和命运博弈。要善于计划并走好每一步，该丢弃时要舍得,该决断时不犹豫。要以开放的心态接受别人的批评和建议,从容应对风险和挫折,胜不骄败不馁,才能走好人生的棋局。

理直也莫气壮

在我的理解中，"理直气壮"是和"理屈词穷"相对应的，意思是说人们在交往过程中如果发生争执，只要自己占理，就不用惧怕任何人，就可以口气很强硬地跟对方说话。但我觉得即使真的占理，也应和气地摆事实、讲道理，不要太强硬，所谓"有理不在声高"。因为社会发展了，人们交往的范围也大为扩展，理念不同、习惯不同的地方很多，你自以为"是"的东西未必就真"是"，在这个地方"占理"可能在另一个地方不"占理"。

去年我随团到澳洲墨尔本，在一家中餐馆就餐。大厅里一帮同胞和我们邻桌而坐，他们像唯恐别人听不到似的，总是高声说话，还随地吐痰，乱扔烟头。听话音这是一帮村干部和农民企业家组成的团队，一个队友悄悄向我嘀咕，说眼前这帮人，就属于媒体上老嘲讽的那些出国不注意形象的暴发户。

"服务员，你过来，你过来！"两三个顾客高声吆喝着。女服务员应声跑过来含笑问："您好，请问有什么需要？"

一个人指着餐桌很严肃地对服务员说："看看！盆里没有面条了，我们都等着吃呢！都喊了两遍了，为什么不马上再端过来一盆？""就是就是，说了几遍都没人理，你们可真没眼色！"好几个人随声附和着。

"对不起,我去看看做好没有,做好的话我再给您上一盆,不过我得跟你们领队报告一下。"服务员和颜悦色地轻声回答道。

中国人到澳洲旅游一般都是吃包餐,面条包含在套餐里且数量固定,不能随便添加。导游过来告诉他们后,一帮人面面相觑不再嚷嚷,狼吞虎咽吃完饭就离开了。

旁边餐桌上有人问服务员:"明明是刚才那些人不懂规矩粗野地对待你,为什么不直接告诉他们,并斥责他们的不文明行为呢?"服务员仍然笑着回答说:"我也是中国人,我希望用自己的行动感染他们。道理一说就明白,用不着大声喊叫,所以要用和气的口气,我听说过'理直也不要气壮'这句话。"

在场的每一个人都不禁点头微笑,对这位服务员和这家餐馆平添了几分钦佩。我想如果世上的人都能像这位服务员一样,以和颜悦色的态度对待粗野和冲突,这世界何愁不和谐。

不 可 懒 惰

十二属相中,鸡是最勤快的,它打鸣司晨起得最早,又一天不停地双爪刨食。我可能就是属鸡的命,从懂事起就记得生活中尽是忙碌。

我奶奶过世早,爷爷一个人住,家里人怕他孤单,我五岁时就和爷爷住在了一起。爷爷读书不多,但受中国传统文化的熏染却很深。他经常对我讲,做人可以不聪明但不可以懒惰,因为聪明不聪明是天生的,没有办法改变,勤快不勤快就是自己的问题了。

无论冬夏,爷爷都起得很早,还要把我从被窝里拉起来,陪他扫扫庭院担担水,他说这是"黎明即起,洒扫庭除"。我九岁那年遇上了"文化大革命"。我家是富农,戴着"五类分子"的帽子。爷爷虽然在村里威望很高没有挨过批斗,但还是受到了一些歧视和惩罚,工余时间爷爷要去扫大街和清理厕所。爷爷很爱面子,白天干这些活怕被人们看到,就总是趁着别人还没有起床时先干完,而且每次都要拉我陪着他。久而久之,倒让我养成了早起不睡懒觉的习惯。

小时候农村生活比较困难,烧火做饭和冬天取暖主要靠烧柴火或秸秆。"文革"中学校停课,我也不用上学,冬春季节就要为家里捡柴火、刨树根。一个冬天下来,我自己就能堆起一个两三米高的柴火垛,足够一年烧饭用的,邻居们都夸我小小年纪真能干活。其实我自己知道那是生活逼出来的勤快。一年多后学校复课了,虽然大家都不很重视学习成绩,但我仍然是班里最刻苦努力的一个,也许是习惯使然吧。因此,我学习成绩一直不错,恢复高考后,我有幸成为全村第一届考生中唯一被录取的中专生。

参加工作后,自己还是比较勤快,也得到了领导的赏识。不久正赶上改革开放后的第一轮机构改革,就担任了一个不大的领导职务。后来,由于性格和其他方面的原因,多年不得晋升,也是遇到了"官场天花板"。但由于工作特性,加之我责任心较强,也不愿意做一天和尚撞一天钟,对待本职工作尽心尽力,平日里还是比较繁忙。此外,还要应付一些熟人亲友合理不合理的请求,帮一些应该不应该帮的事情,帮不成还要费口舌花心思去解释说明,以免使人觉得有官架子或不近人情,公事私事一大堆,总感觉一直也干不完。妻子总爱唠叨我:"一天到晚也不知道你都干点儿啥,忙得跟总理似的。"我也就调侃道:"为了全世界人民的和平与安宁,防止第三次世界大战的爆发,忙点儿比闲着好。"玩笑归玩笑,我还真的喜欢这种忙忙碌碌的生活,至少让我感觉自己还被人需要,感觉充实和健康。

去年从岗位上退下来后,工作上的事情少了,一下子感觉空落落的。我必须学会自己找事做,让自己忙碌起来、充实起来,找回自我,体现生命的价值。

珍 惜 当 下

漫漫人生长路，有挫折也有成功，有顺境也有逆境。就如船行大海中，既会有阳光明媚、风平浪静，也会有阴雨绵绵、暴雨狂风。对待挫折和逆境，不同的人持有不同的心态，又往往带来不同的际遇和转折。身处顺境或意外惊喜来临时，不应飘飘然而迷失自我；遭遇逆境或灾祸突然降临时，也不要昏沉沉而自甘堕落。关键要把好人生之舵，保持心态平衡，踏踏实实做好每件事，实实在在过好每一天，珍惜当下，才会有美丽未来。

我儿时有两个伙伴，就叫他们甲和乙吧。他们家庭状况相似，起点、机遇也相似，他们的父亲都是五十年代初国家第一批招收的煤矿工人，两人都在七十年代末按照政策接了父亲的班。那时，招工进城可是农村青年改变命运、梦寐以求的大好事。不同的性格和心态使两人有了截然不同的人生。

伙伴甲的母亲是村干部，家庭条件好，又是独生子，所以从小备受呵护，生活在一片恭维声中，他就有点儿唯我独尊，还受不得委屈，街坊邻居看来未免有点儿纨绔子弟的风格。他能说会道，长得高大帅气，招工之前就与村支书家的女儿定了亲。到煤矿上班后，他没有和别人一起分到井下挖煤，而是留在地面做办公室后勤管理工作。他与先一年上班的副矿长的女儿在一起工作,接触机会多了,不久就博得了她的欢心,竟然隐瞒自己已定亲的事实,和人家谈起了恋爱。当时都把这叫"脚踩两只船"。甲也知道瞒得了一时瞒不了一世,必然要有所取舍。

副矿长的女儿人长得漂亮,家庭显赫,还有工作,成婚以后就是双职工,将来孩子还是城镇户口。反复权衡后,爱情的天平完全倾斜到了副矿长的千金那里。甲回到老家要求退亲,不料村支书死活不同意,本来就霸道惯了,何曾受过这种窝囊气?支书老婆放出话来,撕破脸皮宁愿女儿找不到婆家也不能让这小子另攀高枝。甲索性一不做二不休,就不再理会原女友,回到矿上与副矿长千金打得更加火热,一年多后就要筹备婚事了。老家离煤矿不太远,人员来往频繁,原女友很快得知消息,气得寻死觅活。在别人的挑唆下,她便和母亲两人到矿上住下来,每天等候在矿工们上下班的路上,逢人就宣扬甲如何负心,说他是当代陈世美,还写成大字报四处张贴。此事一时成了矿上的热门话题,家家都把甲当成教育适婚子女的反面教材。新女友觉得丢人现眼抬不起头,最终和他断了来往。副矿长更是受不了这种奇耻大辱,怪罪甲两头瞒哄、品德败坏,找了个理由把他下放到机械维修厂,还把他从全民正式工改为集体工。原女友总算出了气,回到老家也和他分道扬镳了。

我总觉得甲虽说跌了个惨重的大跟头,但依他的聪明劲儿,只要振作起来从头开始,在新的工作岗位还能干得不差。可他没有及时调整心态,反而变得一蹶不振,整天浑浑噩噩,像祥林嫂一样,逢人就诉说自己的不幸,英俊帅气、风流倜傥的形象荡然无存,干什么事都提不起精神。久而久之,厂里也就不把他当成个正常职工,随便给他安排个活,到月领工资就是了。九十年代后期,甲就以四十刚出头的年纪提前下了岗。他的妻子是煤矿附近的山村姑娘,也没有正式工作,一家四口就靠低保和打零工维持生计。

伙伴乙个子不高,黑黑瘦瘦的,看起来老实巴交,实则颇有心计。他母亲身体不好,兄弟姊妹又多,尽管父亲工资稍高,可家庭经济状况并不好。乙在另一个省里的煤矿做工,一上班就被分到井下挖煤,两年之后不幸在一次冒顶事故中被砸断了腿,矿上给他办了个劳保手续,把他养了起来。乙吃苦耐劳又勤奋坚韧,他说自己虽然一条腿废了,但双手没有任何问题,年纪轻轻不能靠吃劳保度过一生。不久他就利用一个表叔的关系到化工厂里做了门卫,一有空闲就跑到车间里去看怎样熬制洗衣膏,看不懂了就主动请教。本来也不是什么复杂的技术,加上乙的脑瓜也很灵光,功夫不负有心人,很快他就基本掌握了各项工艺流程和技术参数。

于是他辞掉门卫的工作,回到矿上,东拼西借筹集了万把块钱,购置了几台简易设备,在附近租了个院子,办起了自己的化工厂。他老家媳妇也过来当帮手,又雇了个当地小伙子,三人既当工人又当销售,蹬着三轮车走街串巷向农民推销。他们的生产成本低,卖价也比正规厂家低一半,可产品质量却不是很过关,泡沫不大,去污效果不好,销路也一直没有打开,一年下来还赔进去几百块,都快经营不下去了。媳妇心疼他一天到晚拖着残腿四处颠簸,辛苦劳累,就要他放弃这个小厂,回老家过安稳日子。可乙不同意,他说从哪儿跌倒就必须从哪儿爬起,否则自己不仅身体残了,心里也觉得没着落,也让别人看不起。他坚持留下来继续创业,贷款花高价从大厂聘了工程师帮助改进工艺,还让其定期前来指导。他愣是凭着永不服输的一股子韧劲,使小厂渐渐有了起色,产品质量迅速提升。后来,他又注册了商标,销路不断扩大,没几年他又买了地盖了房,扩大了生产规模,还安排了不少残疾人到厂里就业。他成了远近闻名的残疾人企业家。

乙曾几次邀请甲到他的厂里帮忙做事,既从经济上帮扶他,又可让他重拾信心,但甲终因自幼养成的过强的自尊心而放不下架子,拒绝了乙的好意。

吸烟与戒烟

　　我是一个老烟民,有着三十几年的烟龄,终于在一年前成功戒烟。回想起当初开始吸烟以及后来戒烟的过程,心中有颇多感受,总想说出来,谈一些感受,以期对那些想加入吸烟者队伍的青年朋友和戒烟不成的老烟友提供一些帮助,也算做一件小小的善事吧。

　　我出生在农村,那里烟民众多,大都是偶然抽上两口却慢慢上了瘾,逐渐成了尼古丁依赖者,变为瘾君子了。我和他们不一样,一开始就是模仿我爷爷,有意识地抽上了烟。在我的印象中,爷爷是个善良、固执而大大咧咧的农村老头,和村里各种不同性格的人都能聊得来,人缘相当不错。他特别爱抽烟,没钱买烟时,哪怕用旧报纸把干树叶子揉碎裹起来做成烟卷也要抽。那时,我没有觉得抽烟有什么不好,反而会偷偷模仿他吸烟时的样子,陶醉于那种烟雾缭绕的氛围和腾云驾雾的感觉,既刺激又享受。

　　1974年,爷爷得了"肺气肿",在安阳住了三个多月的医院。为给他治病,家里借了不少钱,还把他住的房子也卖掉了,又搭建了一个窝棚似的简易居所,惹得他出院后非常不高兴。家人和医生都说,生这个病和抽烟关系很大,告诉他为了身体应该把烟戒掉,但他就是不肯。凭借自己的身体素质和几十年的生活经验,他固执地认为吸烟只会让自己感到舒服,怎么可能引起疾病呢？有很长一段时间,晚上都是我在屋里陪伴他。有一次我看他边吸烟边咳嗽,眼泪都快出来了,就天真地问他:"人家都说吸烟能致人死亡,您难道不害怕吗?"他却笑着回应我说:"那是不可能的,那么多吸烟的人,怎么没见谁死去呢？再说了,即使吸烟真的能造成死亡,那也是天意,又何尝不是人生的一种解脱呢?"不料一语成谶,刚刚过完六十二岁生日不久,病魔便夺走了他的生命。

　　二十世纪七十年代,农村是大集体生产,以生产队为基本核算单位。农作物成熟时,队里每晚都要派青壮年男性劳力轮流去看场、看地、看瓜果,以防被人偷窃。虽然自己还在上学,但晚上不上课,何况"看夜"还有工分可得,于是也被队里安排轮班,扛上被子拿着草苫去履行义务。看场、看瓜果园子还好,两三个人一班,大家靠近了打地铺,天南海北胡拉乱扯一通,侃累了睡一觉这一夜也就过去了。但要看地,特别是棉花地和花生地,只有两三个人,却要看护三四十亩地,大家只能撂单,地铺之间离得远远的。有时还要把地铺打在乱坟堆的旁边,那里青草厚实软和一点,坟头还能遮挡一点凉气。虽然我从小就对鬼神的说法颇不以为然,但心里还是有些莫名的不安和恐惧。打发漫漫长夜的寂寞和驱赶恐惧,香烟就是最好的伙伴。我一支接一支不断地吸,一晚上就吸掉大半包,直吸得迷迷糊糊才昏然入睡。

　　在三十多年的吸烟史中,我抽过国产的低档次烟卷,也抽过进口的高档"洋烟",从几分钱一包到上百元的都有,甚至也曾捡拾别人扔掉的烟头。但不管多好的烟,那种"饭后一支烟,赛似活神仙"的感觉,我却从来没有过。烟草毕竟是烟草,虽说它会使人产生依赖,却不会像毒品一样让人飘飘欲仙,戒烟应该比戒毒容易得多。

近年来国家花费了不少气力宣传戒烟,甚至在有些场所强制禁烟,但效果似乎并不明显。《2015 中国成人烟草调查报告》称,中国现在的吸烟人数比 5 年前增长 1500 万,已高达 3.16 亿,吸烟者每天平均吸烟 15.2 支,与 5 年前相比,增加了 1 支。至于原因,我觉得除了烟民自己戒烟效果不好以外,还和一些地方的财政收入严重依赖烟草税收分不开。烟草是高税率产品,烟民少了,烟草税收就会减少,影响财政收入。在一些地方特别是卷烟生产比较集中的地区,官员们并不积极推动禁烟,反而大搞技术革新,提升烟草产品质量,以期增加卷烟消费量。官方的禁烟措施和效果,老百姓说不清,还是说说自己吧。

吸烟虽有诸多害处,但还是能够在一定程度上排解烦恼、宣泄压力、带来灵感的,于是很多人往往陷入"常吸常戒,常戒常吸"的怪圈。我以前戒过两次烟,一次四个月,一次九个月,但或是因为生活遇到压力,或是遭遇挫折而在烟友的诱惑下复吸了。关键是自己的意志不够坚定,如果真的要戒,再大的诱惑、再大的烦恼也是能够顶得住的。戒烟成功需要持之以恒的决心,耐得住寂寞,忍得住烦恼,扛得住诱惑,就像人们常说的"只为成功找办法,不为失败找借口",才有真正戒断的可能。

这一次,因为患病,我是下大决心要戒烟了。我不想像爷爷那样"到死都要吸",我还没有他悟透人生的那种洒脱和随心所欲的那种固执。头两个月里身体会产生一些不适,我也口舌生疮嘴角冒泡,后来就胃口变好,体重明显增加了。据说这是身体的有害物质减少了,打破了体内代谢平衡所致,时间长了,身体自会建立起新的平衡,不适症状也就很快消失了。

为了晚年有个健康的身体,为了自己和家人,也为了响应国家号召,我会一直把戒烟坚持下去的。相信随着戒烟宣传的不断深入和禁烟措施的全面实施,主动戒烟的人会越来越多吧。

交 真 友

大多数人与朋友之间,无论交往时间长短,往往因为缘分聚散难成终生朋友;又或因"道不同不相为谋",见识阅历、脾气秉性、兴趣爱好多有差异而不能成为真正的朋友。人与人的感情一旦深厚起来,却往往又显得很淡薄,就像大江大河深了就听不到哗哗的水声,这就是所谓的"君子之交淡如水"。

因工作调动,我也或主动或被动地结识过形形色色不少人等,也不免相信多个朋友多条路。但年龄大了特别是临近退休时,与人交往少了,感觉能有三两个知心朋友就很不错了。

前几年公款吃喝的还挺多,花公家的钱,结交自己的朋友,何乐而不为? 于是隔三岔五呼朋唤友、聚会畅饮还是有的。现在应酬减少了很多,回过头来想想,官场朋友终因离开官场而慢慢疏远冷淡,"人走茶凉"自然有其道理。

其实我素来不喜欢热闹场面,也不想去混什么圈子。一是觉得自己嘴上功夫不够,不会坐下来便唾星四飞、旁若无人地谈古论今,很多话题插不上嘴,只有洗耳恭听的份儿,甚感无奈。二是一场饭局下来至少两三个小时,再去娱乐消遣还会占去更多时间,虽然谈不上惜时如金,但也总觉不值得,不如读点书报看看电视，哪怕闭目养神冥思静想上一阵子也好。所以自己总也成不了社交动物，没有多少"酒友"。老百姓所谓的"酒肉朋友"，往往是因一时的利益捆绑在一起，友谊并不可靠，这也是被无数事实证明过的。

还有一些人总是能够抓住各种场合和机会表现自己，也就是会"包装"。虽然"包装"不一定就是伪装，善于"包装"也不见得是伪君子，但表面上的亲密其实未必真心。总感觉和这样的人打交道需要足够的智慧，自以为不太聪明，所以总是敬而远之，不与其为友。

现代信息技术发达了，人们利用手机微信建立起来了各种社交圈子，大家在方便快捷地分享信息的同时，也似乎更愿意把工作和生活中的酸甜苦辣随时随地一吐为快，以获得共鸣和回应。但我总感觉网络这种虚拟空间有着天然的缺陷，在其中很难交到心灵相通、至纯至真的朋友。

回顾几十年的人生经历，自己不愿以虚假面目示人，更不坑蒙拐骗，不会虚与委蛇巴结权贵，不以贫富为标准交朋友，别人权势熏天或腰缠万贯与自己没有一分钱的关系。

"人之初，性本善"，善良诚实如鲜花。善良诚实的人把本真和纯洁当作人生真谛，他们是精神富有的人，不但自身靓丽，也给他人带来芳香和陶醉。所以不论身份与地位、富有或贫穷，我只敬重善良诚实的人。和他们交朋友不必伪装、不必设防、轻松惬意，即使不常碰面却也彼此心灵相通。如再能"知我"，就更值得深交了，此生有这样的两三人足矣。

读《全球通史》有感

　　我从小就对历史书籍感兴趣,但由于客观条件有限和自身读书不够勤奋,一直也没有系统地读过一本历史资料,掌握的都是杂乱无章的碎片化的中国历史知识,对世界历史知识更是全然不知。退休之后时间比较充裕,我也想干点儿自己感兴趣的事,读点儿书补充一下历史知识。当然,我不是追求仕途官场的"成长进步",也达不到"以史为镜知兴替"的境界,只是活到老读到老充实到老,打发光阴也就足慰我心啦。朋友向我推荐了《全球通史》,买来一套读了,果然大开眼界,竟然连读三遍不忍释手,在此谈点儿体会以作纪念。

总体印象

　　《全球通史》是美国加州大学著名历史学教授斯塔夫里阿诺斯所著,它虽是一部历史书,却颇具有现代意识。有些历史教科书像八股文一样,先是泛泛铺陈历史事件,然后基于一定的立场霸道地做出生僻而教条式的结论。而斯塔夫里阿诺斯的著作不乏生动,当然也离不开高水平的翻译,他用全球史观看待和分析历史上发生的重大事件,以穿越时空的方式诠释世界的发展变化和真正的动力,分析了某个区域或国家在特定时间内强大或衰落的原因,各种宗教学派和思想潮流形成、传播的路径以及对人类社会发展的影响,等等。

比如对十八世纪到二十世纪初期欧洲历史事件的描述,作者并不是简单地罗列,而是始终围绕一条清晰的主线来组织和阐述。在世界范围内,当时许多国家和地区还处于蒙昧和封闭状态,欧洲文艺复兴和宗教改革引发了思想大解放,推动了工业革命、科学革命和政治革命——蒸汽机的发明成为欧洲工业革命成果的显著标志,洛克《政府论》的出版成为欧洲政治革命的导火索。所以,欧洲后来能在世界上占据优势地位,成为世界中心,进而不断扩张并形成霸权就不足为奇了。

如我这类并不具备世界历史知识的"门外汉",也能从这样连贯的分析中初步摸清历史脉络并深受启发,不自觉地产生(虽然做不到)探索历史重大事件的根源和预测人类发展趋势的冲动。以往总觉得历史枯燥无味,现在却有了浓厚的兴趣,并试着进行一番创造式思维,这是我阅读其他历史书籍从来没有产生过的感觉,难怪这本书被思想理论界列为"二十世纪影响世界的十本书"之一了。

中国的帝王专制制度延续两千多年的
地理环境原因

中国的帝王专制制度存在了两千多年,不管政权如何改变,王朝如何更迭,社会结构都没有遭遇过根本性的破坏,民族内聚力没有彻底散失过,这对中华文明传承的重要作用不可低估。这在世界历史上绝无仅有的事为什么发生在中国? 中外众多史学家对此有过很多不同的见解,可谓见仁见智。《全球通史》则从一个独特的视角给出了另一种解释。

"中国文明之所以能绵延久远,一个原因在于地理方面:它与人类其他伟大文明相隔绝的程度举世无双。地中海将美索不达米亚、埃及、希腊和罗马连接在一起,印度洋使印度能与中东、非洲和东南亚相互影响。然而,可与地中海或印度洋媲美的地理条件中国却一点也不具备。相反,中国在其有史以来的大部分时间里,四面一直被有效地切断。……这种与世隔绝的意义就在于,它使中国人能在较中东或印度诸民族更少面临外来入侵的情况下,发展自己的文明。因而,他们的文明更为连续不断,也更为独特——中国与欧亚其他伟大文明之间,有着较后者相互之间更为根本的差别。"这就是著名的"地理环境决定论","一方水土造就一种制度",和我们老百姓平常所说的"一方水土养一方人"是一个道理。正是这种相对封闭的地理环境,才使得中华文明得以连续和传承,为帝王专制制度的延续提供了最重要的基础和保障。

中国传统文化的核心是儒家思想
和道家思想

在我国战国时期,西方产生了一系列宗教学说,中国产生了孔子的儒家思想和老子的道家思想,它们成为在各自的国家中占据主导地位的统治学说和思想。这个时期的中国，东周王朝软弱无力，诸侯国为扩大自己的势力而战乱不休，迫使当时的思想家重新寻找能够帮助统治者统一政权，解除百姓战乱之苦，并使之安居乐业的路子。由此产生了很多学派，他们思想十分活跃，纷纷四处周游，创派立说，开班讲学。《全球通史》这样描述："虽然这些学派的创立者往往是一些大胆的改革者，但他们几乎全都认为在遥远的过去有一个黄金时代，渴望能从这一黄金时代得到启发。……因此，他们小心地保存和研究较早时期的著作，认为这些著作是处理私事和公众事务所必不可少的。"这一时期被称作诸子百家时期。"孔子终于发现自己的特长并加以发挥"，孔子创建了以"重秩序、讲道德、尊周礼"为主要内容的儒家学说，主张"君君、臣臣、父父、子子"，大家应该各安其所、各守本分。在孔子生前，这种学说并不被社会所重视，更不被王室所尊崇并真正运用，但他的这种学说毕竟维护了统治者的利益，也符合普通大众的道德要求，还是逐渐流行开来。于是到东汉时期就出现了废黜百家、独尊儒术，儒家学说被尊为国家正统思想一直延续了下来。

对于道家哲学思想在中国历史上的地位及影响，《全球通史》是这样表述的："孔子学说之后，中国最有影响的哲学是道家学说。这是可以理解的，因为这两家学说正好相互补充，满足了中国人在理智和感情上的需要。孔子学说强调的是礼仪，顺从和社会责任，而道家学说则强调个人的种种奇念怪想和顺从大自然的伟大模式，这一模式被解释为'道'……"道家强调的是人与自然和谐统一的"天人合一"理念，要求统治者抛弃狭隘的功利主义，做到顺其自然、无为而治，进而实现社会秩序与自然秩序融为一

体的和谐运转,这都符合统治者长治久安的统治愿望。正是这种
有益的补充,道家思想和儒家学说才一起构成了中国传统思想文
化的核心内容。

法家学说帮助建立了全国统一的
帝王专制制度

　　有一个很有意思的历史现象,虽然历朝历代都把儒家学说奉
为经典,将其作为治国之道延续使用,但中国的第一个统一专制
王朝——秦朝的统治思想恰恰不是儒家学说,而是法家学说(法
家学说和现在的法治建设完全不同),其所建立的郡县制政权架
构一直延续了两千多年。连毛主席都说过:"百代都行秦政法,
'十批'不是好文章。"

　　为什么法家学说能起到这种作用? 斯塔夫里阿诺斯认为:
"法家人物都是些注重实践的政治家而不是哲学家,他们关心的
是改革社会,以加强他们所奉事的诸侯的力量,使诸侯们能进行
战争,用武力统一国家。他们认为贵族的存在已不合时宜,要用
国家的军事力量予以清除,而人民群众则需被强迫从事生产劳
动。他们把商人和学者看作是些可有可无或多余的人,因此不可
宽容待之。生活的各个方面都要由法律加以详细规定……。指
导统治者行为的不应是受儒家学者赞美的仁慈和公正等传统美
德,而应是他们对权力和财富的要求。"秦国按照法家的原则和思
想成功征服了各诸侯国,建立了大一统的秦王朝。接着又用一贯
强横的手段建立了郡县制的政权架构,并实行了车同轨、书同文,

统一度量衡,对巩固民族国家统一、方便农耕生产、建设强大的帝国是有利的。但秦朝过于强调严刑峻法,焚书坑儒禁锢思想,横征暴敛徭役沉重,最终激起老百姓反抗,爆发了中国历史上第一次大规模的农民起义。原先被灭掉的各诸侯国纷纷起而响应,仅仅十几年,大秦帝国便被推翻了。实践证明,维护王朝统治还是儒家学说比较有效,德政仁慈思想便被传承了下来,即使王朝更迭也不能撼动其主导地位。

关起门来称老大的康雍乾盛世

从 1662 年到十八世纪末的一百多年中,中国经历了康熙、雍正和乾隆三个皇帝,这个时期史称为康雍乾盛世。单从中国历史来看,这一时期中国专制王朝的辉煌和繁荣达到了鼎盛,确实称得上是盛世。但当时世界正处在"几千年未遇之大变局"的关键期,放在全球发展趋势的大格局中来看,大清国这一阶段的表现不仅不辉煌,简直是中国全面衰落的开始。

这一时期,欧洲发生工业革命,生产力有了突飞猛进的发展,"生产力有了'一个进入自驱动的发展的起飞'。更明确地说,当时产生了一个机械化工厂体系,它以迅速降低的成本极大量地生产商品,以致它不再是依赖原有的需要,而是创造出其自己的需要。"商品增多需要向外销售,自然而然就引发了商业革命。《全球通史》讲道:"商业革命的首要特点在于世界贸易的商品起了变化……另一重要特点是贸易量显著增长。"这反过来又刺激了工业革命的发展。英法等欧洲主要国家为了把大量商品运进运出,不得不建造大量坚固而又庞大的船只,为了海上运输安全,又发明了火炮火枪等军工器械。他们正是利用这些坚船利炮敲开了中国封闭的大门。

再来看看中国的情况。康雍乾三朝颁布过不少对外交往方面的法令,内容多是禁止性规定,有的禁止中国人在海外经商和定居;有的禁止华侨归国,因为他们都是"抛弃祖先坟墓的人";还有的禁止沿海边民与外国人做生意,完全是一种拒绝开放,"四海之内唯我独大"的心态。他们把西方的人看作蛮夷,把外国传教士来见皇帝看作是万方来朝,要求其行跪拜礼;把西方科技视为"奇技淫巧"而横加排斥。斯塔夫里阿诺斯认为:由于清朝统治者的闭关自守、骄傲自满,造成了近代中国经济技术与政治军事的全面落后,直接导致了后来两次与英国人的鸦片战争和与日本人的甲午战争的惨败。记得有一本描述这段时期的书,名字叫《落日的辉煌》,倒不如称"关起门来自认的辉煌"更贴切一些。

哥伦布地理定位错误的重大意义

西班牙人哥伦布于十五世纪末最先发现了美洲大陆,但当时他以为自己是到了亚洲。《全球通史》这样描述:"1492 年 8 月 2 日,哥伦布率领操纵三艘帆船,从帕洛斯角起航。10 月中旬,他登上了巴哈马群岛中的一个小岛,哥伦布将它命名为圣萨尔瓦多。世界历史的最大嘲弄之一是,哥伦布至死还确信,他已抵达亚洲。……当他在圣萨尔瓦多登陆时,他以为自己登上了日本的外围岛屿。而当到达古巴时,他则认为自己就到了日本。"

哥伦布为什么会有这样错误的判断呢？主要是因为航海初期科技不发达，人们的地理知识不足。虽然知道地球是圆的，从大西洋东海岸一直往西南航行就能到达欧亚大陆的另一端，却不清楚地球究竟有多大，需要航行多久，更不知道欧亚大陆的东西两端中间还隔着美洲大陆。哥伦布摸索着，在未知的大海上航行了两个多月，遇到大块陆地就把它当成亚洲也就不足为奇了。直到二十五年后，葡萄牙航海家才发现这一错误，并进行了纠正。

然而，正是有了这样的错觉，才鼓舞着"哥伦布们"勇敢地向西方探险，并发现了这片大陆，才有了历史上的重大发现。人们进一步探索这块新的大陆到底有多大，有什么宝物，值不值得开发和占领，那里有什么样的居民，等等。欧洲探险家们在墨西哥和秘鲁发现了大笔财富，对北美洲进行了大开发，十九世纪末，这块神奇的土地上终于诞生了一个人类历史上前所未有的国家——美利坚合众国。

世界最早的人类文明发祥地
咋成了"中东火药桶"

伊拉克曾经是人类文明的发祥地之一。《全球通史》这样描述最初的欧亚大陆文明："最早的文明之光出现在烈日蒸晒下由底格里斯河和幼发拉底河这两条大河养育的一片荒原。有一时期，人们曾认为文明的摇篮是尼罗河流域，但现在一致同意，最早的文明中心是苏美尔，也就是《旧约全书》中的'希纳国'，苏美尔位于过去称为'美索不达米亚'——大致相当于现在的伊拉克共

27

和国的南部,南临波斯湾,由若干块荒芜多风的小平原组成。"这块土地不仅最早出现了人类文明,也是世界三大宗教的发祥地。或许正是由于教派林立,各教派之间互相排挤打压,以及内部的争斗,加上外部势力的介入,使得西方人口中的这个中东地区总是争斗不休战乱频仍,到现在也不消停,成了著名的"中东火药桶"。

伊斯兰教的圣典——《古兰经》具有很强的鼓动性,伊斯兰教的宗教仪式性也很强烈,如"五功"——念功、拜功、课功、斋功和朝功是凝聚信徒们的强力纽带,宗教创立者穆罕默德又留下一支组织良好作战勇敢的武装力量,伊斯兰教的势力迅速扩大。

在长期的发展演变过程中,伊斯兰教内部对原教义的理解认识出现了很大差别,关键分歧在于宗教领袖如何产生,由此分化出很多派别。到了现在,主要是逊尼派和什叶派两大教派,他们都宣称自己才是正宗,应由本派人员担任宗教领袖。2003年,美国以打击"恐怖主义"的名义发动了"第二次海湾战争",推翻了伊拉克萨达姆政权,扶持了"民选政府"上台。但美军撤出以后,这个国家很多地方又陷入无政府状态。现在,逊尼派极端组织I-SIS又占领了伊拉克很多领土,声称要建立"伊斯兰国"。美国再次出手,不过出于多重因素的考量,美国没有派出地面部队,只是进行了空袭。可能是历史宿命,这个人类文明的发祥地再次遭受了战火的蹂躏。

印度通过"非暴力不合作主义"的方式
取得民族独立

十八世纪末,英国对印度实行殖民统治取得了宗主国地位,之后的统治一直十分牢固。第一次世界大战中,印度还支持英国参战,不但提供了大量的财政援助,还有一百多万人在英国当兵。然而之后仅仅过了三十几年,英国对印度的统治便宣告结束。

有意思的是,印度不像大多数国家一样,是通过暴力斗争来夺取权力实现民族独立的,而是采取"非暴力不合作主义"摆脱殖民主义统治的。甘地无疑是战后这场反英运动中最杰出的人物,他的伟大贡献就在于他设法来到农民中间,与他们建立友好关系,使他们参加为独立而进行的斗争。他指出,1914 年时,英国人仅以 9000 名行政官员和 69000 名士兵就统治了 3 亿印度人。这一点之所以可能,仅仅是因为各阶层都与英国人合作。如果取消这种合作,英国统治必将崩溃。因此,他们的任务就是要教育和训练人民实行不合作主义即非暴力的消极抵抗。甘地号召人们抵制英国货物,这动摇了英国统治的经济基础,他自己拒绝穿着英国人的机织物而改穿土布做成的衣服。在他的号召与鼓动下,印度人民的民族自尊心和自信心,以及争取民族独立的团结斗争精神空前高涨。虽然甘地和其领导的国大党的很多精英人物都曾被英国殖民当局逮捕并投进监狱,但终究挡不住已经觉悟了的民众的抗争热情,印度最终实现了民族独立。这成了二战后大多数殖民地国家实现独立的一种典型方式。

善行·善念·善报

　　我不是佛教徒,没有系统地研读学习过佛教经典,但也了解一点佛教知识。佛教教义是要解释生命及宇宙的真相,探讨因果与修行。《涅槃经》讲命运由自己造就,行善积德与行凶作恶,都有循环因果报应,分为前世报、现世报和来生报。因此劝诫人们要戒除恶行,积德行善,以求修得好的今生和来世——"善恶到头终有报,只争来早与来迟"。如果人人都能潜心向善,善待自己,善待周围人,善待陌生人,没有杀戮和冷漠,那么才能共享世界,太平和谐。存不存在报应倒在其次,没有人作恶了,就全都是善报了。

　　善恶似乎只在一念之间。做善事不在大小,只要是真心去做,长期坚持,就可得到善报。如果出于功利性目的去做善事,看似助人,实为利己,就是"伪善",不可能长久,也不可能得到善报。

　　近读关于二战中的盟军统帅艾森豪威尔的一则小故事,我觉得那就是善报,而且是"立时报"了。1944年冬天,在一个异常寒冷的傍晚,天空飘着雪花,艾森豪威尔乘车回司令部,看到两位老人坐在路边冻得瑟瑟发抖,忙停下车去询问,原来这对夫妇要前往巴黎投奔儿子,不料雪大路滑,车子又抛了锚。这里前不邻村后不着店，很少有车子路过，不能让老人在这里又冷又怕，艾森豪威尔决定用自己的车送他们到巴黎。司机提醒说："我们需要按时赶回司令部，这样的事不如交给当地警察来办。"艾森豪威尔却说："等到警察来，老人早就冻死了。"他坚持绕道很远把老夫妇送到巴黎，然后才回到司令部。然而这个小小的举动却使他收到了意想不到的回报，就在那天夜晚，德国纳粹狙击手正埋伏在他回司令部的必经之路上，正是他改变了行车路线才躲过一场劫难。表面上看是帮助了别人，事实上受益最大的却是自己，这难道不是典型的善有善报吗？

"文化大革命"中，一批城市知识青年到附近一个村庄落户。农村条件艰苦，知青们干农活很累，都会利用休息时间回城探亲。可有一个女孩子不一样，她父亲是知识分子，早在 1957 年就被打成了"右派"，"文革"开始不久又被关进"牛棚"，她母亲忧虑成疾，不久就过世了，她无依无靠，处处都比别的知青多些难处。村支书了解到这个情况，就对这个女孩特别照顾，安排她做了村里的"赤脚医生"，让她不用每天都面朝黄土背朝天地吃苦劳累。生活上，除了让她与其他知青享受同等的食宿标准之外，还全包了其他一应用度，女孩十分感动。村支书在村里很霸道，威信并不高，也许是被上级"敲打"过，也许是意识到要在知青面前留下好印象，他在知青落户后，改变了一些性格和做事的风格，特别是对女孩的帮助，也得到了村民几分赞誉。

两年后，村支书向女孩提起亲事，想让她给自己得过小儿麻痹症的瘸子儿子做媳妇。这下又让知青、村民们议论纷纷，原来村支书是为了娶儿媳妇才做这样的好事。尽管两年多来得到很多帮助,欠下人情债,但也不能用身体偿还呀!女孩子心里有一百个不愿意,最终拒绝了,从此便再也得不到村支书的照顾了,终于在几年后想办法回城了。后来村里改选,村支书也没有获得足够的认可,落选了。"伪善"终究没有得到善报。

王石爬山的启示

人们都渴望自己能够出人头地，活得精彩辉煌，或成为商界大佬，或成为政治精英。然而除了少数具有特殊家庭背景或者极好运气的人，真正实现这样梦想的能有几人？虽然不至于食不果腹衣不蔽体，但多数人辛辛苦苦奋斗一辈子也难有多大的成就，最后只得抱憾地承认自己原来庸碌无为一生平凡。究竟是什么阻挡了我们达到目标、实现理想呢？近来读到王石爬山的小故事，或许能够给我们带来点滴启示。

王石凭借改革开放的历史机遇，在二十世纪八十年代做饲料中间商时掘到了人生第一桶金，他经过三十余年坚持不懈的努力，终于站到了房地产行业的顶端，成为万科集团董事会主席，兼任中国房地产协会常务理事。王石作为商人无疑非常成功，多少经商之人难望其项背。他还有着丰富的业余生活，他只用了五年多就爬遍了五大洲的著名山峰，五十二岁时登顶珠峰，是我国登顶珠峰的人中年龄最长的。

经常同行的驴友说，王石对自己的要求非常严格。比如安排行程，每年要爬几座山峰，何时出发，乘坐何种交通工具等，一旦确定下来绝不随意更改，绝不因小小的俗务就随便改变。还比如作息安排,到了时间就会钻进帐篷休息,外边风景再好也不多看一眼,不会流连忘返、聊天、拍照,浪费了睡觉时间,影响体能恢复;到了时间就会起床,哪怕山上寒风再刺骨也不贪恋温暖,不会错过最佳爬山时间。再比如吃饭,为了保持体能,再难吃的食物都能下咽,不会因为不合胃口饿肚子。他说到做到,充分有效地管理自己,这种生活习惯正是王石能把事业做到极致,达到人生辉煌境界的重要基石。

渴望事业成功的人很有必要借鉴王石爬山的经验,认真负责地做好每一件事,认真负责地管理好自己,这就是自律,是十分重要的品格。做人做事难以达到一定的高度,根源就是不能有效地管理自己,目标定得很好却往往半途而废,微不足道的事也时常朝令夕改,正所谓"有志之人立长志,无志之人常立志"。随意任性地放纵欲望,碌碌无为、一生平庸也就不足为怪了。

我读《钱神论》

　　每当社会上有见利忘义、为追求金钱和地位而伤害他人的事件被媒体曝光后,总有人感叹"世风日下,人心不古"。意思是说时下的社会风气不如先前好,人们的思想道德及行为也不如古代人淳朴。不知道这一说法是否客观,也不知古代的"世风"和"人心"都是什么样子,但知识阶层对社情民风常怀有"今不如昔"的感觉,却是从孔子所处的春秋末期就开始了。至少作为封建士大夫阶层的代表人物和大思想家的孔子是这样认为的,所以他才会不遗余力地倡导"克己复礼",要恢复周天子时期的礼治与民风,这从《论语》中不难看出。社会总是前进的,复古肯定行不通,但人们对"世风日下,人心不古"的慨叹似乎从未绝迹过。

　　"古代"是一个相对的时代概念,并不能单纯理解成指哪个年代或哪个世纪。夏商对周朝来说是"古",唐宋对清朝来说何尝就不是"古"呢? 我不知道"不古"的说法指向何时,但从来也没有听说过有哪个时代是"世风日上,人心胜古"的。有谁能说得清"人心"在哪个"古"时更好些呢,即使真的能像玩"穿越"一样回到了"古代",恐怕仍会有人觉得"不古"。可见,这一成语本身和言者所处的时代无关。我一直在想,究竟是什么原因造成历代都有人发出"人心不古"这种慨叹呢?

近来读西晋著名文学家鲁褒的《钱神论》,似乎能从中找到部分答案,其中最核心的一段话如下:钱之为体,有乾坤之象。内则其方,外则其圆。其积如山,其流如川。动静有时,行藏有节。市井便宜,不患耗折。难朽象寿,不匮象道。故能长久,为世神宝。亲之如兄。字曰孔方。失之则贫弱,得之则富昌。无翼而飞,无足而走。解严毅之颜,开难发之口。钱多者处前,钱少者居后;处前者为君长,在后者为臣仆。君长者丰衍而有余,臣仆者穷竭而不足。《诗》云:"哿矣富人,哀此茕独。"岂是之谓乎?

照我的理解,这段文字若用现在的大白话说就是这样:(外圆内方的)钱的形体与作用和天地乾坤(天圆地方)很相像,堆积起来如高山,流动起来像江河。有时流通有时储蓄,无论流通还是储蓄,皆遵循一定的规则。携带上它进市场交易很方便,不用担心有什么损耗。且它具有"道"的特征,能天长地久,运行不息。这种世上最神奇的宝贝可戏称为亲爱的"孔方兄"。有它就富贵,没有它就贫穷。它虽没有腿脚和翅膀,却会自动聚集。有了它,再严肃冷峻之人也会笑逐颜开,再难说的话也能张开口。人之高低贵贱的划分是以钱多钱少为标准的。钱多者可以当国王或者高官,而钱少者只能当奴仆或者贫民。穷者愈穷,富者愈富。正像《诗经》上说的那样,钱当真是娱乐了富人,却害苦了鳏寡孤独者。难道不是这样的吗?

凡读过这篇文章的人,没有不佩服作者眼光独到和言辞犀利的,能在一千多年前用寥寥百余字把金钱的作用、性质等揭示得淋漓尽致,确实令人难以想象。尽管金钱产生的时代更早,但对金钱的这种认识和剖析,鲁褒可能是划时代的第一人。因为查遍典籍也没有发现更早之前有人对金钱做过这样深刻的剖析。这篇文章虽然说的是西晋时期及其以前的社会发展过程中金钱的力量和作用。但纵观历史,又有哪个朝代哪个时期金钱不具有这样的功能和作用呢?实际上,除了《钱神论》中提到的金钱的储藏和流通作用外,它还有个更重要的媒介作用,它几乎能衡量这个世界上所有东西的价值。

可以肯定地说,从金钱产生的那一天起,人们对它的崇拜和追求就从来没有停歇过。已经拥有的希望得到更多,没有的拼命想得到它。只要金钱存在,无论"古"所指的是什么时代,围绕它上演的一幕幕悲欢离合、杀伐争斗的故事也从来没有中断过。因此,所谓"世风日下,人心不古"一说根本就是不靠谱的,只不过是历代文人士子在酒楼茶肆的噱头罢了。

地下 300 米

　　单位开展"爱岗敬业"教育,组织大家参观鹤壁矿务局 W 矿。又经过矿领导批准,只允许我们八个人下到矿井参观。以前光听说煤矿工人辛苦危险,现在终于有机会亲身体验了。

　　生产科杨科长带领我们来到矿工更衣室,我们换上矿工服和高筒水靴,戴上井下专用安全帽,腰间拴上电池,头顶的矿灯一个个亮起来。大家整装待发,都既紧张又兴奋,像是要去执行一次重大任务。来到矿口边,首先映入眼帘的是井架上的巨幅标语——"安全人人抓,幸福千万家"。杨科长让我们一一在记录簿签上名字,仔细检查了我们的安全帽和矿灯,探摸口袋。他说这是下井前的必经程序,对我们更要严格细致。杨科长五十岁左右,个子不高,精神饱满,憨厚诚恳。他既细心又热情,让我们觉得很是踏实。他还叮嘱我们遵守秩序、服从管理、排队前行,不可自行离队,不可乱摸设备和物品。虽有些絮叨,却感到暖暖的,感觉他就像慈祥的兄长。

　　"丁零零……"一阵铃声,一个大"笼罐"缓缓升到井口,停在了我们面前,这就是"电梯"了。其实这只是个钢结构的四方体,内外完全通透,"电梯"只是美称罢了。我们八个人和杨科长依序走了进去，伴随着轻微的隆隆声和小幅震颤，"电梯"开始徐徐下降。已是六月中旬，地面早已热气蒸人，我们都穿着厚实的矿工服，但在下降时仍感到冷飕飕的。

大约半分钟后，"电梯"哐的一声停在了坑底。眼前出现了一个篮球场大小的空旷场地，这里灯火通明，完全没有了下井坑道中沉闷阴冷的感觉。杨科长说："这里距离地面垂直高度310米。"有人感慨道："这真是人间奇迹，地下300米竟如此宽敞明亮。"杨科长说，这里是工人们进出矿井和集中活动的地方。场地四周的坑道是大巷，每个大巷都安装有成套的专门运送煤炭、矸石等物料的刮板传送机，俗称溜子机。不远处还有一些大型设备，想必都和矿上的生产有关吧。

沿着一条大巷向里边走，我们提出到采煤点看看。杨科长略显为难："我带领过不少下井参观的客人，但基本上没有到作业面去过，这也是出于安全考虑。大家还是在大巷里转转吧。"我们继续恳求："有机会下井参观学习很不容易，不到采煤点看看不甘心。矿工们常年在那里工作都不害怕，我们有什么不安全的呢？请您破破例吧。"同志们都附和道："您就通融一下吧，我们是真的想看看工人师傅的劳动场面的。"杨科长终于被我们的诚意打动，他想了一下说："好吧！那就到C7作业面看看吧，那里最好行走，也是最近的一个采煤点。"

我们又前行了大约100米，右转进入另一个巷道。巷道口挂有一块记事板，记录着当天交接班时的产量等数据和检测员的名字。这里是运煤的巷道，明显狭窄许多，而且地势不平，向上倾斜。杨科长告诉我们，这个矿是低瓦斯煤矿，但矿上按中瓦斯矿的标准进行安全管理,已连续十年荣获全局"安全生产标兵矿"的称号。巷道里悬挂了一个闪烁着红色数字的指示灯,用来检测空气中瓦斯含量,瓦斯超标就会自动报警,工人就会立即停止作业并采取相应措施。

我们手扶着巷壁前行,小心着脚下的坑坑坎坎。支撑巷道顶部的,既有 U 型钢也有原木,我问杨科长为什么不一样。他说,地层压力大的就用 U 型钢支撑,耐压不变形,安全系数大。比较稳固的地方则使用原木,当然也有用石料翻拱方式处理的顶棚。这样,既注重安全也兼顾了生产成本。

在我们头顶正上方,很粗的玻璃钢管道伸向前方,发出呼呼的响声。杨科长告诉我们那是通风管道。在采煤安全管理中,通风具有十分重要的作用,它能输进新鲜空气,稀释瓦斯和二氧化碳。但风要适宜才行,风速大了容易吹得粉尘横飞,影响工人的正常生产和身体健康,风速小了就达不到稀释效果。有人打趣地说:"真是隔行如隔山,不到井下来看看,我们怎么能知道这些知识?"大家都会心地笑了起来,气氛也轻松了许多。

我们继续攀爬了 5 分钟,来到 C7 工作面,这里距地面的垂直高度是 270 米。采煤点并不大,有四五米的宽度。由于设备正在检修,我们并没有看到采煤作业的场面,现场仅有一些刨煤机和镐、钻之类的机械和工具。杨科长说,这里和国内大多数中小型煤矿一样,现代化程度不是很高,以机械操作为主,辅之以手工配合,工人们把刨出的原煤装进拖斗车,拖出去倾倒在刮板传送机里,运到集中出煤点再运出矿井。杨科长打电话叫来刨煤机操作员、传送机管理员、爆破工等,他们分别介绍了原煤的挖掘及输送过程和各个岗位的特点及技术规范。

他们的讲解既娴熟又充满了激情与自豪，看得出他们以矿为家的爱岗敬业精神，这种精神着实令人钦佩。终年累月在这样阴暗潮湿的地方，以三班倒的方式辛苦工作着，他们对工作却没有丝毫懈怠，对环境没有半句怨言。矿领导对职工和其家庭关怀备至，尽管工资不是很高，但全矿仍能上下一心、团结和谐、干劲十足，平均单产和日产超过全国整个煤炭行业的平均值，事故率低于平均指标，近两年经济效益也是全局最好的。

在好奇心驱使下的我们停停看看，杨科长和矿工们认真负责的介绍讲解又增添了许多乐趣。我抬腕看看表，下井已经一个半小时了。为了和地面的同志及时会合，转入下一个活动项目，我们该返回了。在等待"电梯"的间隙，杨科长打趣地问道："大家对这一趟下井感觉如何？比起你们坐办公室，环境和条件不差吧？"随后爽朗地哈哈大笑了起来。他的幽默却令我们无法作答，只是说着感谢的话并陪着他一阵大笑。

升井之后，很长一段时间我们都没有说过一句话，井下的所见所闻让我们陷入深深的沉思。思考吧！如果这趟参观能使我们思想上有所触动、精神上有所升华、工作上一个台阶，学习参观的目的也就达到了。

无奈的"官场伦理"

——有感于身份对等

人际交往讲究身份对等,官场上公务活动也讲究身份对等,两个单位之间,即便是打个电话通报信息或介绍情况也不例外。这种规则虽没有明文规定却无处不在,若不遵循则处处碰壁、尴尬无比,本来能办成的事也不好办甚至办不成。有人说这即是工作伦理,是非常重要的学问。

前一阵子,一位基层干部涉嫌渎职被司法机关传讯。在我们部门看来,尽管他存在业务处理不当的问题,但主要是制度规定本身模糊不清,才导致理解认识有分歧,当事人并不应当承担过多的责任,认定为渎职就重了。遇到这种情况,单位领导应该出面协调和澄清,为基层工作营造良好的环境。但"一把手"正在外地开会,要我与办案单位沟通解释一下。我自以为在这个地方工作多年,又与办案单位"一把手"比较熟悉,没做过多考虑,拿起电话就拨了过去,先是自报家门,然后把有关情况和想法直截了当地提了出来。不料对方冷冷地问了句:"怎么不见你们的老一×局长出声呀?他是什么态度?"我赶紧回答:"×局长去外地开会了,可能明天才能回来。"对方沉默了几秒钟:"不是驳你老兄的面子,可能有些事你不太清楚,还是等×局长回来后再说吧。"说完

"啪"的一声挂了电话,我愣在那里半天没有回过神来。向×局长汇报后,他当即给对方打电话,当天晚上我们的干部就放回来了。

一位做边贸生意的朋友听我聊起此事,委婉地批评我没有把握好工作伦理,自找尴尬,说不能怪别人不给面子,因为自己与"一把手"身份不对等。他还说,这些规则不仅中国有,与外国人打交道时也常碰到,也有过接待不对等使一笔大生意泡了汤的事。遇事如何安排人员,别人求情时给不给面子,以及把面子给谁等,这些细节大有讲究,玩笑话就是比国际交往还要复杂,何况在中国官场。

中国官场一大特色就是什么事都讲究"老一对老一",上下级之间是这样,平级之间也是这样。前年,一个领导就在会议上说:"老大难,老大难,老大出面就不难。"话虽不错,但一个人的精力、时间毕竟有限,把"老大们"忙得脚不挨地也不能解决所有问题,有时还要抱怨别人不给力,什么责任都在他的肩上。

有时,我会天真地想:天底下的事本来很单纯,但被人变着法可劲折腾,各种弯弯道道就出来了。某位著名电视节目主持人说:"个人崇拜虽已消除,权力崇拜却更盛行。"一个地区要正常发展、一个单位要良好运转,还是靠集体、靠制度更保险些。咳,有什么办法呢,既然改变不了,还是学会适应吧。

话说"随礼"

中国自古重"礼",人际交往要"礼尚往来"。《礼记·曲礼上》说:"往而不来,非礼也;来而不往,亦非礼也。人有礼则安,无礼则危。""礼"是构建和谐稳定人际关系的重要环节,在社会文明发展中具有十分重要的作用。

我认为古人所注重的"礼尚往来"更多的是指人际交往中礼节性的拜访。春秋战国时期,诸侯国之间的来往互动是国家发展的需要,个人交往则是证明存在感和提高生存质量的需要,和奉送礼品及价值几许关系不大,所以才有"千里送鹅毛,礼轻情意重"的谚语。

尚礼乃国人之传统。谁家有婚丧嫁娶之类的大事,亲朋好友皆略备薄礼以表心意,这本在情理之中,无可厚非。但随着经济发展和社会变迁,"礼尚往来"似乎正在失去原本的含义,正常的礼节交往也变得有些俗气,和金钱的瓜葛似乎太过紧密,随礼人数、收取礼品礼金的多寡、摆了多少宴席,竟成了衡量当事人社会地位、面子大小和人缘好坏的重要标志。于是,一些人办"大事"的名义开始增多,祭奠先人、孙子考上大学等也要安排宴席通知别人。通知的范围也很广,除了亲朋好友,还有许多老乡、同事、老战友,还有的拿钱在报纸上刊登广告。而且礼金数额也从一两百元到上千元不等,还有水涨船高之势,变味的"人情风"越刮越盛。很多人对此类现象颇看不惯,却又随风跟进,我想主要是三种心理驱使。

首先是"随众心理"。西方心理学认为,"随众"相对"异类"而言,人无不生活在群体当中,以"随众"寻求周围人的认可和接纳,会使人产生安全、亲近与合群的感觉,这是人的自然情绪。反之如果不"随众",成为"异类",就不容易被周围的人认可和接纳,则会感到焦虑甚至终日惶恐不安。于是,你随我也随,最终也就"随礼"成风。

其次是"补偿心理"。常听到不少人议论,今年随礼又花了多少多少钱,占工资的多大比例云云。可见,"随礼"是笔不小的支出,对谁都是负担,不能总给别人随,自己却不收。于是,自家有婚丧嫁娶也要通知别人,以求得经济上和心理上的补偿。最终众人都在推波助澜。

最后是"面子心理"。讲面子、求排场在中国由来已久,最典型的莫过于像"元妃省亲"一样,把面子做到十足,却给贾府留下个烂摊子。现代人办红白喜事,似乎摆的桌越多、请到的宾客越多就越有面子,越有地位和人缘。这种要"面子",岂不更加助长了奢靡之风?

2009 年 10 月

敬酒乎？罚酒乎？

一位老朋友得了脑梗住医院了，前去探望时他人还算清醒，只是手脚都不怎么管用，说话吐字也不很清楚，距下床活动至少还得两个月，将来是否落下后遗症还不好说。问及病因和事先的征兆，他妻子便使个眼色阻止，临别时在走廊上告诉我："他本来就有高血压，前几天几个老同学在我家聚会多喝了几杯，第二天就成了这个样子。"我问："既然在家里喝酒，为什么不让他少喝点儿呢？"她回答说："哪里阻挡得了哇，你知道他的脾气，特实在还重义气，经不住别人劝的。"我不由感叹，又是劝酒惹的祸。

我不擅喝酒，常常称自己是"三个经不起"：经不起人劝、经不起劝人、经不起多喝。特别是这"劝"，往往以"敬"的名义出现，劝人喝酒不说劝，而是说"我先敬一圈""我敬你两杯"云云。一字之差就使人很不好应对，不喝吧就是不接受敬意，驳人面子不合人情，怪对不起人家的；喝酒下肚难受了，身体状况不允许又对不起自己。于是我总分不清这敬酒和罚酒有什么区别，对酒场避之不及，实在躲不开就尽量少喝。酒场上呼来喝去热闹一番，话多者劝人喝酒，往往自己喝酒也多，我也尽量不多说话，只是大家话少了，场面又显得有些尴尬。

　　国人敬酒理由之多、语言之丰富是出了名的。头三杯酒大家要一起喝完,要不喝就得有令人信服的理由。三杯下去就有了醉意,酒量小一点儿就晕晕乎乎了。接下来的敬酒和互敬也很有意思,执酒壶敬酒都希望对方多喝,被敬者又希望自己少喝,难道不是因为喝多了难受吗？可是敬酒者总有各种各样让对方喝酒的理由,什么"感情深,一口闷;感情浅,舔一舔;感情厚,喝不够",还有"酒逢知己千杯少,不喝这杯我就恼",等等,也不知道这些"名言"都是哪位高人发明的。甚至还有双膝跪地高举酒杯过头顶以示"敬意"的,简直就是强人所难,比罚酒还要厉害得多呢!

　　听说,有敬酒敬跑外来投资者的,有敬出重病者的,也有敬出性命者的。在大力推进精神文明建设的今天,这种不文明的习俗也该改改了。

羞辱与激励

　　我从小生长在单亲家庭,没有感受过多少健全家庭的温暖,却早早就戴上了家庭成分高的帽子,被称为"地富子弟"。尽管如此,我从小学开始学习成绩一直都很不错,始终都在班级前三名之内,在学校老师和同学中间还很受欢迎,即使是"富农"成分,也并没有感受到多少歧视和白眼。

　　刚懂事没几年,中国就进入了"文化大革命"时期,一切都发生了很大变化。在那个很讲阶级斗争和阶级成分的年代,虽然中央说是"有成分论,但不唯成分论,重在政治表现",下面口号也喊"出身不由己,道路可选择",但实际远不是那回事,而是处处讲究家庭出身。填表格总有"家庭成分"一栏,如果是"地主"或"富农"就直接被打入另册,什么好事也轮不到你头上,入团、入党、当学生干部根本没你的事,参军、招工、有机会脱离农门改变命运的大好事更是想都别想。

　　"文革"结束后,学校不再上课了,搞所谓"停课闹革命"。初中以上的学生都在进行"红卫兵大串连",我们这些小学生还不能参与这种活动,大多数是在街头玩耍。时间长了,家长都担心孩子们的安全,生产队就把小学生组织起来,跟随大人干些力所能及的农活，一则确实能给生产队增添一些劳力，二来多少给自己家里挣点儿工分，也算是一举两得。当然生产队也要搞"文革"，上下工前后或工间休息在田间地头开开会学学《毛选》，或者"忆苦思甜"批斗"地富反坏右"也是常有的事。

我们所在的生产队队长姓董，基本上是一个文盲，但干庄稼活有两下子。他和一个姓金的副队长常闹矛盾，有时甚至大打出手，于是队里的农副业生产搞得不好，工分分值很低，劳动一天也不值两角钱。社员（当时称农民为农村人民公社社员）们也都不很服，但碍于街坊邻居的面子，而且队长是由村党支部任命的，大家也无法换掉他们，只得跟着混混日子，受穷就受穷吧，好在轻松自在点儿。董队长也不热衷于搞阶级斗争，平时带领大家干干农活，偶尔开开会议，拾人牙慧似的传达他从大队部学来的新内容，什么伟大领袖最新指示啦，阶级斗争新动向啦，等等。

我和金副队长的儿子金小林年纪相仿，我俩是同学，也是好伙伴，经常一起参加队里的劳动。1969年夏季的一天，吃过午饭离上工还有一段时间，大人们都在午休，我和金小林跑到村后树林里抓知了。我们的注意力太集中了，或许是知了叫声太过嘈杂，我俩都没有听到生产队上工的钟声，知了倒是抓得不少。轰隆隆的一阵雷声警醒了我们，抬头一看，天空布满了乌云，这才忽然想起董队长安排我俩收拾场里晒着的粮食。坏了！耽误上工了！眼看就要下雨啦！该挨队长吵了，快跑！我们百米冲刺一般向场里跑去，好在不远，不大一会儿就跑到了场里。董队长和金副队长正领着一些人忙着收拾玉米，我和小林也赶快拿起扫把和木锨去干活。

"你们两个给我放下家伙,不许干活!"董队长大喝一声。我不由愣在那里,而小林却好像没有听到一样继续干,我也拿着扫把重新干了起来。"滚哪儿玩去啦,粮食差点儿被雨浇了! 现在想干也不行,干也不给记工分!"董队长一边手拿木锨不停上下扬着粮食一边喊。

"不记工分就别记,不记工分也要干。"小林弥补过失似的嘟囔着,我也小声辩解:"那不是还没有下雨我们就跑来了吗?"这一下可惹祸了,我们还敢顶嘴,董队长暴跳如雷。他扔下木锨噌噌几步窜到我们跟前,夺下我们的农具扔到一边,尖叫道:"反了你们了,还敢不听话,滚一边去!"我和小林不知所措地呆立着。金副队长边干活边冷笑,好像在嘲笑:你就逞威风吧,就在两个小孩面前要厉害吧。冷笑归冷笑,可他终究没有吭声。其他一些人全都面无表情地各自干着自己的活儿,也不知道都是什么心态。

平时看场的老婆婆(她是董队长的本家婶婶)颤巍巍地走过来,对董队长说:"董魁(董队长的小名),就别难为孩子了,他们还小,也都知错了,让他们干活吧!"说着捡起农具塞到我们手里。董队长还是不依不饶,他指着我骂道:"特别是你! 你这个小富农羔子,是故意破坏还是想翻天……"一下子,我如五雷轰顶。从懂事起,我最忌讳的就是别人议论我的家庭出身,那意味着我是贫下中农的对立者,是无产阶级专政的对象,是"永远不得翻身的人"。我怎么也想不到,他竟会用我最不愿意听到的话来骂我,还冠以"羔子"的帽子。怎么也不敢相信,平时十分让我尊重的队长,竟会这么恶毒地羞辱我,往常善良敦厚的邻居大伯竟会像恶霸一样欺负一个只有十三岁的孩子。难道这样就能证明他高尚的无产阶级政治觉悟,证明他坚决执行了无产阶级革命路线？我感觉到屈辱夹杂着愤怒,真想大喝一声冲过去,拿木叉劈头盖脸地打下去,让他变成哑巴,甚至从地球上消失。可我竟无法动弹,无论从语言上还是从体力上,我都不具备与他对抗的能力。我拼命压住怒火,压抑自己的情绪不让眼泪流出,我倔强地说:"我知道今天误工了,我不该要工分。可我不是富农羔子,我是学生,是学生!"说完,我便愤然转身离开了。

这件事对我的刺激实在太大了,它使一个幼小的心灵过早体味到了被歧视和欺负的滋味。在很长一段时间里,我用我的悲愤与怒气,用我的无奈与酸涩构建起了一道心理保护墙,结结实实地包裹着我的内心,不轻易与人交流,不暴露自己的心迹,就是为了自己少受伤害。

我暗下决心,长大后必须离开这里,哪怕出去当临时工。不为别的,只为不再因为出身而受到欺负与凌辱,忍受毫无道理毫无人性可言的窝囊气。学校复课后,我学习更加认真了,尽管那时也看不出上学能有什么出息。母亲经常鼓励我,艺多不压身,多学点儿总是好的,万一将来用得着呢。一九七七年恢复了高考,我成了周围村里唯一被录取的中专生。董队长也和左邻右舍一起到家里为我送行,满脸尽是喜悦的笑容,他对九年前的事已经没有了一丝记忆。可我的心里满是记恨,永远也不会忘记!

几十年过去了,幼稚的记恨早已消散,苦涩的感觉却愈加浓厚。

但愿往事不再来!

母亲的目光

从记事起,我就感觉母亲的眼睛散发着别样的光芒,让我非常在意。对命运的抗争、对人的善良、对子女的期待、对无助者的同情,都充分地书写在她深邃的目光里,我读懂过,也误解过。她的目光,抚育我走过五十年的人生路程,童年时给我温暖和依靠,成年后给我信心和力量,无论我走到哪里,那目光始终追随着我,影响着我。她虽然离去了,但在我心里她永远在。

突 遭 变 故

母亲生于 1925 年,民国年间封建思想和习俗尚重,她年幼时曾经缠足,脚受到很大伤害,走起路来有点扭来扭去。姥娘家在镇上也算是大家庭,土改时被划为地主成分。姥爷是小有名气的绅士,在村中具有一定威望,总能得到乡邻们的庇护,没被批斗和欺负过。母亲没上过学不认识字,但家庭教育很是严格,崇拜文化人,也喜好文化艺术品,从小就通情达理,勤劳善良。母亲女红很好,特别是刺绣和剪纸,在当时也堪称一绝。

母亲嫁到我们家时,中国刚刚抗战胜利,家里的经济状况大不如前，十来口人拥有几亩薄地，虽不至于没饭吃，但也是紧巴巴的。曾祖父母年事已高，祖母常年卧病在床，母亲既要照顾老人，又要侍候病人，还要给全家人做饭和缝补浆洗衣物，很是辛苦。后来五老姑对我说，母亲做每件事都尽心尽力，用孝心和勤劳赢得了乡邻的赞扬。我想，母亲年轻时的目光应该是清澈而柔和的。

但命运并不总是公平的，我五岁的时候家里发生变故，痛苦和磨难莫名其妙地降临母亲身上。有一天早晨，我迷迷糊糊地睁开双眼，看到母亲和两个姐姐在低声抽泣。我害怕，委屈，号啕大哭，母亲忙把我抱起来轻轻地拍哄。到现在我都觉得，那是我记忆的起点，我刻意地观察母亲的目光，她眼里透露出的分明是愤怒和伤心。长大后才知道，那时，家里的经济来源突然中断了，我们正面临着绝境。

母亲决定到远方讨债，因无钱乘车，只能独自步行。大姐长我十岁，早已明白事理，怕她身体吃不消，一直极力劝止她。为了一家人活命，母亲还是出发了。大姐每天都拉着我到村头的大路口去等，终于在第四天傍晚等到了回来的母亲，她要回了十五块钱，以后每个月都能得到十五块钱的偿还，一家人的生活终于有了些保障。后来我也在想，瘦弱的母亲是如何拖着受过伤害的双脚，一步一步地挪到那里的，又是如何打动了欠债人的心。我想，母亲的目光中一定流露着痛苦、无奈，更有坚韧。

艰 难 岁 月

二十世纪五十年代末六十年代初自然灾害前后,食物异常匮乏,很多农村家庭终日忍饥挨饿,每人每天五六两的粮食供应,无论如何都填不饱肚子。很多时候靠挖野菜、摘树叶甚至下河捞杂草来充饥,不少人得了浮肿病,还饿死了一些人。有壮劳力的家庭还那样苦苦挣扎,更何况母亲还带着尚未成年的我们姐弟三人。

应该是 1962 年早春,正是青黄不接难挨的时节,生产队大伙食堂刚刚解散不久,家家都没有多少存粮。母亲就思忖着掐点返青的麦苗下饭,使仅存的一点儿玉米糁能多撑上几天。白天干这事怕被人看见,她就在下午收工后下地掐了半篮子麦苗回来。天近落黑,母亲急着赶回家,就抄近路踏上了村西头冰封的河面。毕竟已是春天,看来厚实坚固的冰面内部已多有融化。正走到河中间,只听"咔嚓"一声响,脚下的冰层瞬间朝四面八方裂开了几道裂纹,眼看就要破碎开来。冰层下是两米多深的河水,母亲急中生智,马上趴下来,在冰面上小心翼翼地一点一点爬到岸边,才躲过了坠入冰窟的厄运。

她一身泥水地回到家里,把麦苗递给大姐,带着庆幸的口吻向我们讲述这场惊险历程。我想,她目光里的恐惧一定已经消散,流露出来的只有窃喜和欣慰。大姐完全明白了那种危险和可怕,摇着她的手哭着说道:"娘,以后再也别做这事了!万一你出个什么事,我们可怎么办。"不料她却满不在乎地笑着说:"傻孩子,死不了。不把你们几个拉扯大,阎王爷叫我也不会去的。"话音不高,却让我倍感安全和温暖。许多年以后再来回想,这句话总会让我感动不已,它充满着在苦难中挣扎生存的勇气和信心,更饱含着对我们成长中坚强的要求和期待。

后来,国家允许农村社员耕种一点自留地,有限地开放了一些集贸市场,允许部分农副产品和手工业品进入市场交易,农民的生产积极性有了很大提升。很多家庭在正常上工时间内给生产队干活,又利用早晚工余时间耕种自家的自留地,劳动强度很大,人们劳苦不堪。母亲裹过脚,劳动起来比别人更辛苦,有几次因饥饿和过度劳累晕倒,被唤醒后喝几口水还要继续劳作,把别人都吓得不行,她自己还没事人似的一笑了之。她就是这样支撑着,笑对生活中的一切磨难和困苦。

母亲天性善良,乐于助人,虽然自家也很困难,却总愿意尽最大努力帮助更困难的人。那个年代,很多人外出讨饭,凡是来到我家门口讨饭的,哪怕仅剩下两块锅饼,母亲也要拿出一些分给乞讨者,没有现成的,甚至会点起灶火煮一碗胡萝卜汤,做些瓜菜,从不让他们空腹离去。有一次,她还把一个发着烧带个小孩要饭的女人领到家里住了三天,又是给她们做饭又是找医生看病,直到那女人病情好转后,才让她们离开。在帮助别人的过程中,她的目光是祥和的,也是温暖的。

严 格 教 子

尽管母亲是个农村妇女,也不识得几个字,母亲却懂得对子女严管严教的道理。虽然母亲对我们姐弟三人疼爱在心,但只要犯了错误都不会迁就。我是家里唯一的男孩,母亲抱有较大期望,更是细心呵护、严格要求。有一次,二姐要到楚旺镇上去照相,却不带着我。一气之下,我就把她盛干粮和物品的背包藏了起来,二姐翻箱倒柜找不到,硬是误了到镇上的早班车,着急得哭了起来。母亲知道后很是生气,看着我的目光十分严厉,扒了我的裤子,把我摁在凳子上狠狠地打了一顿。在我的印象里,我长到八九岁,她还是第一次动手打我,事后,她含着泪告诫我不许任性说假话。

从我略微懂事起,母亲就经常给我讲那些极具孝道与正义感的历史典故和民间故事,戏曲和说书人是她获取这些知识的主要来源。母亲讲不出什么道理,但出于质朴的认知,她对很多事情有着自己的判断,对是非曲直、正误对错,她都有严格而清晰的标准,绝不文过饰非、颠倒黑白。

"文革"期间,社会秩序几乎全被打乱,学生们"停课闹革命",红卫兵们到处"破四旧""大串连""大批判",造反派组织间还互相大打派仗.搞"文攻武卫"。母亲不懂什么政治,也不明白"文革"是怎么回事,她凭直觉就感到这些不是什么好事情。她也知道我们这样的家庭经不起折腾、惹不起是非,踏实本分才能平安。她告诉正在上学的二姐和我,不能乱跑乱窜,不能参加任何派别组织和活动,甚至连这派好那派坏都不要讨论。其实,我们这样的家庭成分,什么组织也参加不了,学校停课了就待在家里或参加生产队劳动。但命运好像会故意作弄人,越不敢沾染的事情还非得找到我们头上。

那年我十岁,学校早已停课放假,但我们还喜欢不时地到学校里玩耍。那天,我和两个同学正在教室里看小人书,忽然进来五六个外地青年,应该又是造反派,他们大声地呵斥着驱赶我们,说那里是他们的宿舍。其实,我们也知道外来造反派常在这里落脚,可刚一争辩他们就动起手来,我们一个个被揪着耳朵提到学校大门外,还被狠狠地摔在了地上。我的头恰巧碰到了一块砖头,顷刻间血流不止。造反派视而不见,没事一样扭头走了,我捂着头跑回了家。母亲赶快拉着我到隔壁卫生所樊大伯家处理伤口,问清了缘由经过,她眼中便似有火焰在燃烧,狠狠骂道:"一群龟孙孩子,我找他们说理去。"把我安顿好后,母亲带着我的两个小伙伴上学校去了。下午,两个造反派简单带了礼物到家里来看了看我,说了些无关紧要的话后就离开了。

我不知道母亲是用怎样的愤怒压制住了他们,这些以武斗为己任、视打人为乐趣的造反派几乎从来不因为打人而道歉。母亲一生与人为善,遇事能忍则忍、能让则让,但对于儿子受到外来的委屈却无畏地奋力抗争。

曙 光 初 现

1974年,我初中毕业,到了上高中的年龄。那时候高中招生实行群众推荐制度,村里把名单报到上级,却有两人因为超过年龄未审核通过,于是我就有了上学的机会。

爷爷重视后辈教育,却并不支持我继续上高中。一是他晚年重病缠身、自顾不暇,无力接济和照顾他人,二是"读书无用论"在社会上流行,其实也符合当时的实际情况。我们家既没有权也没有势,高中毕业也不可能被推荐上大学,还得回队里干农活挣工分,白白浪费两年,不如外出当临时工或者早点参加生产队劳动,多挣点工分,减轻家里的经济负担。母亲的想法却不一样,她出于朴素的情感,觉得没有文化就不会有多大出息,还是多读两年书、多增长些知识好,即使只是多结识一些同学也一定有好处。尽管我自己对上高中都不甚在意,母亲却宁肯自己多吃一些苦也不让我辍学。她认准了的事就不会轻易放弃,此时我看到母亲眼睛里流露出的是坚毅和毫不动摇的目光。她让我大姐专程回家说通了爷爷,又去找主管此事的大队会计樊玉斌。我们两家是近邻,他又非常善良、富有正义感,乐于帮扶弱者,也十分爽快地答应了。

1977 年国家恢复高考,我顺利考取了省城一所中等专业学校,毕业后将变身为国家公职人员,不再是面朝黄土背朝天的农民了。通过上学彻底改变命运,我在我们村还是第一人,这引起了不小的轰动,我一时成为中小学生的励志典范。街坊邻居都纷纷向我母亲祝贺,称赞她眼光长远,坚持十几年的艰难和辛苦没有白费。母亲的决定改变了我的人生道路,带给了我的希望和未来,我总觉得那是母亲一生中最快乐幸福的一段时期,她的目光透射出的是无比的自豪和满足。此后二十几年间,即使再遇到高兴的事,她那种独特的目光却再也没有出现过。

最 后 时 光

2005年11月的一天,母亲告诉我吃饭下咽时嗓子不太舒服,像卡了点东西。我带她到医院拍了片子,竟然疑似食管癌。对这个"疑似",我除了震惊之外,怎么也不愿意相信。母亲平常除了血压有点儿高,身体一向都很好,而且她心胸又宽广,家族中也没有人得过这种病,她怎么会得这种病呢? 第二天,我们换了一家专科医院重新做了检查,确定是食管癌无疑,且是中晚期。虽然已有思想准备,但我仍然受不了这个打击,一下子瘫坐在椅子上。

母亲年事已高,手术效果未必就好,而且有一定的风险,家人商量后,听从了医生保守治疗的建议,让母亲化疗和服药,第二天就在市人民医院放射科病房住了下来。为了不使她精神上有压力,我们告诉她只是"小毛病",嗓子发炎了,需要住院治疗一段时间。为了不使她接触其他病友知道真实病况,也为了家人护理方便,我们还特意挑选了一个带护理床位的单人病房。

母亲住院后,基本上是两个姐姐轮流陪护。我只要不出差,也会每天下班后来医院陪她说话聊天。我们姐弟三人,加上各自的家人和孩子,有时候满满的一屋子人,围绕在她身边陪她说话逗她开心,听她讲述生活中的酸甜苦辣和我们小时候的滑稽和淘气。现实的景象和记忆中的往事让她一时忘记了自己身在医院和这点"小毛病",她仿佛仍很开心。她的眼睛里投射出的是慈祥的目光,充满着一个长辈对晚辈子孙们的爱怜和柔情。

经过三个多月的化疗,母亲感觉嗓子里舒服多了,饭量也有些增加。有一天，我带着她在病房外散步，她说："听说楼里住了不少癌症病人，不知能否看好？"说话时，我看到她的眼睛里闪现出一丝不易察觉的忧伤和无奈，不过瞬间就恢复了平静。她接着说："人死如灯灭，就像滚水泼雪，一下子雪也没了开水也没了，没什么可怕的。"我猛地打了个激灵，一时间竟无法接话。虽然刻意隐瞒病情，虽然她对我的话一向深信不疑，但她心里很清楚自己的情况，却一直装出很高兴的样子，只是怕我们伤心罢了。

母亲生性乐观，不喜欢拘束，在医院待久了难免心生烦躁，感觉好一点儿就嚷嚷着要出院回家。我们不愿忤逆她，又担心她的病情恶化，一年多里，她三次入院又三次出院，在我家、两个姐姐家和医院之间来回辗转。虽然饭量越来越少，人也逐渐消瘦，但她的精神状态始终很好，也没有说过哪里不舒服，似乎一切都很正常，总觉得死亡离她还很远很远。

2007年2月14日，农历腊月二十七，我晚上回到家已经九点了，来到床边看她，她仍然脸色红润，眼睛明亮有神，感觉很好，没有什么异常。妻子对我说："我在咱娘身边多待会儿，你先回房间睡，一会儿再换我。"母亲也说："你累一天了，早点儿去睡吧。"我退出房间，在客厅沙发上躺了下来，开始还能听到她们断断续续说话，后来就听不见声音了，可能都睡着了吧，我也迷迷糊糊进入了梦境。

大约过了一个小时，妻子慌乱地叫醒我："你快来，看咱娘怎么了，叫她也不吭！"我从沙发上一跃而起，快速跑到床边，连续大声喊："娘！娘！"摇晃她的双肩，不见她有任何反应，我忙把手掌放在她口鼻上，她竟没有丝毫呼吸，但她脸色尚红润，手掌还有余温。我忽然意识到,就在刚刚过去的几分钟……不,几秒钟里,我的命途多舛、勤劳坚贞的母亲呼出了最后一口气,走完了她人生的全部路程。我多么不愿意相信,一梦之间竟让我俩阴阳两分、母子永别,至今我还痛悔万分。多想她能够再睁开双眼和我说几句话,哪怕只是看我一眼,我心里也会舒服一点,但这一切皆无可能了,她永远地离开了我,我再也看不到她那清澈明亮的双眼了。

好在从得病到离去,母亲还算没有受多少苦,最后也是在睡梦中安详地悄然离去的,这也让我稍觉安慰。听说心地善良、注重孝道的人能够得到上苍的眷顾,升入天堂时不会感受痛苦。假如她泉下有知,我只想对她说:您安心休息吧,如果有来世,我仍愿做您的儿子。

追忆春旺君

深夜,我正在火车上睡得迷迷糊糊,忽然被一阵清脆的手机铃声惊醒,谁这么不讲规矩? 拿起手机一看,是老家堂弟张学,我不由得轻轻责备他。我这才想起这里是西班牙,与国内有着六个小时的时差呢。"哥,有一个不好的消息,程春旺去世了,你能回来祭奠吗?"听到噩耗我马上清醒了……

通完电话,我回到卧铺上,翻来覆去再也没有一点儿睡意。知道春旺有病,不料他这么快就离去了。青少年时期一起相处的情景过电影一样一幕幕在脑海里放映,真是人生苦短,细想起来不由得甚感悲凉。抬腕看看表,已是凌晨三点。反正睡不着,干脆不睡了,来到车厢另一端空无一人的乘务员室,趁着昏暗的灯光写篇短文,权作对他的怀念,也算是对无法参加葬礼的补偿吧。

我和春旺同村,我们两家距离不远,算得上近邻,我俩从小就在一起玩耍。夏天下了大雨,小河就会涨满水,一群小伙伴就会光腚去游泳,少不了捉青蛙,抓起泥巴打仗。秋天,又会一起扛上箩头(一种用柳条编织成的大篮子)和铁铲到地里去捡柴火、挖树根,以供烧饭取暖,也免不了偷挖生产队两块红薯充饥。冬天下了大雪,几个孩童打扫出一片空地弹琉璃蛋,常常把手冻得又红又肿,有时还会跟着大人拿上马尾套到雪地里逮鸽子。无论冬夏,总是在外面玩一整天,把自己弄得像个泥猴,倒是从不担心常年穿的旧衣服更加脏兮兮的。回到家不免挨上一顿责骂甚至是巴掌,第二天又会跑到一起玩,乐此不疲。

我和春旺同岁,一起在村里同班上小学。正值"文革"期间,老师们要开批斗会、讲用会、忆苦思甜会,让学生们坐在教室里自学。那时学习不像现在这么紧,压力没这么大,学生们有几个会认真读书呢,大多看小人书或胡写乱画,特别不老实的早跑出去玩耍了。三年级的一个夏天,班里照例是自习课,我在课桌前坐着翻看小人书,忽然一个小纸团飞到面前。展开一看——"游泳去吧!"不用想就知道是春旺隔着一排桌子从后面扔过来的。我正嫌教室里太热,写下"去就去",把纸条上揉成团扔回去,我俩相互使个眼色,溜出教室风一样地跑进小河里。不料,当天学校附近发现了反动传单,学校组织学生到附近地里和路上寻找搜检,班级点名时我俩不在场。我们游完泳正赶上学生返校,很多老师同学都发现了我们,在随后的学生大会上,我俩被校领导狠批了一通,还罚站了一个小时。这是我小学生涯中唯一一次被罚站,故而印象深刻。在当时的政治形势下,如果上纲上线也是会让人受严重伤害的,学校的处理已经很轻了,从此我们再也不敢擅自跑出去玩耍了。

1974年,我和春旺都到县五中上高中,离家有六七公里远,不管远近都要住校。春旺既要上学,星期天还要回家参加生产队劳动挣工分,帮哥嫂照顾多病的母亲,但他从未叫苦叫累。我与春旺不在同一个班,但每周两次回家背干粮都是一道来一道走,互相关照。短缺经济时代的家庭都不富裕,学生们的干粮大都是红薯面窝头或菜馍馍,偶尔有点儿好吃的也一块分享。春旺是学生会主席,总是他照顾我多一些,与别人偶有冲突,我俩也总是站在一起互相帮衬。

高二时,上级号召"教育与工农相结合",我报名参加了学校开办的农机班。有一次,学校借用附近生产队的拖拉机让学生学习驾驶,两天后就归还了,但我却因为重感冒错过了练习。春旺得知情况后,多方联系协调,让我又到生产队里去学了半晌,帮我弥补了这个缺憾,这让我感动不已。

再后来,我中专毕业后分到了地区机关里工作,春旺去煤矿当工人。尽管联系不多,但彼此很挂牵,逢年过节常聚会。春旺的生活一天天好起来,但他却命途多舛,在一次矿井事故中,他腿脚严重受伤,成了残疾人又回到了村里。但春旺始终微笑着面对生活中的困难艰险,从没有消沉过。他先是开了一个小药店,后来又在自家院里办了个小日用化工厂,三四年光景就在村里率先盖起了别墅型小楼房,当时绝对算高档,令多少人赞叹不止、艳羡不已。

怎奈病魔无情,春旺君英年早逝,已消失的岁月将在我心中留下永久的伤痕。此时,泪水已模糊了双眼。上天保佑,愿他在天堂不再有磨难,始终是笑脸。

无奈的饭局

"拿人家的手短,吃人家的嘴软",这句家喻户晓的俗语,意思是说人际交往应该清清楚楚、明明白白,不搞那些拉拉扯扯、吃吃喝喝的事。管住自己的手,不能拿的东西不要随便伸手,拿了就可能缩不回了;管住自己的嘴,不该吃的饭不能去吃,吃了也就说不起话了。这些都是至理名言,是公务人员特别是干税务的人应该把握和遵守的。当然,税务机关内部也是这样要求的,广大基层税务工作者也都能自觉遵守规定,秉公办事,廉洁征税。我们市区税务分局就印制了"廉政告知卡片"发给专管员和稽查员,内容有"不准接受纳税人宴请"等相关要求,他们每到一家企业开展税务管理或稽查工作的时候,为减少麻烦、避免误会,都要先给人家一张卡片。

这种做法确实起到了很好的警示和告知作用,大部分纳税人都理解我们,也配合工作,不再强行挽留税务人员留下来吃饭。由于中国的传统习惯和人们的心理作用,尽管纳税人不要求照顾什么,但出于人情世故或是想结识公务人员以后图个方便,他们还是会想方设法挽留我们吃饭。如果我们拒绝了,他们会认为不给面子,很可能不配合你的工作。如果答应了,他们会觉得很有面子,但的确违反了有关规定。特别是对担任一定领导职务的同志来说,这种情况更让人左右为难。

作为基层税务局长,我有时候会冲到税收征管工作的第一线去组织协调追征税款,也经常和各种类型的纳税人打交道,既要干成事又要执行有关的制度规定,必须把握好原则性与灵活性相统一这个尺度。

这两年,我市开展了大规模的基础建设,到处都是工地,需要很多钢筋、水泥、沙石等建筑材料。这就给附近城中村的村干部和部分"能人"提供了挣钱发财的机会,他们借助人地两熟的优势,在路口拦住运送建筑材料的车辆,再送到工地上赚个差价,被称为"截沙上料"户。这个月局里安排集中清理这部分临时商户的漏缴营业税,开源路税务所的苏所长前几天汇报说,他辖区内的大部分村都已清理完毕,就一个孙庄村进展效果不明显。虽然税款数额已核清,但由于涉事的村干部不积极,税款就是收不上来,办事处领导也出面做了一些工作,但没起多大作用,所以想让我给区政府领导汇报一下,协调公安部门采取强制措施。我想了想,说:"能是能,但那不是最佳选择。这样吧,我先接触一下村干部,看看情况再说。"

第二天,办事处主任陪同我来到孙庄村开了一个涉事商户座谈会。税务所向他们通报了各户应缴纳的税款数,宣讲了征管条例有关的处罚规定,一些商户也进行了发言。听了他们的发言,我感觉他们也不是刻意抗税不缴,主要还是对有关政策规定不清楚,认为"截沙上料"赚取差价不用缴税。再则濮阳是个新建城市,这种事过去也没有发生过,没有缴税的先例。听了税务所的宣讲解释,他们也就不再抵触缴税了,但都不发言表态,眼睛都偷偷瞟向在座的村党支部副书记谢某。我感觉到问题可能出在他身上。谢家在村里是大家族,谢某本人又是村干部,在村里是个一言九鼎的角色,村民都听他的。早就听所里的同事说过,不论什么事只要做通他的工作,一切就会顺利。苏所长还告诉过我,这次孙庄村清理出应补缴的税额共十四万多元,仅谢某一人就三万多元。

座谈会结束后,我要求村干部留下再谈谈。我想,与这样的人谈话不能绕弯子兜圈子,一开口就要直奔主题。我说:"谢书记,你刚才也看到了,我们能不能收齐这笔税款,大家伙都看着你呢。希望您支持我们的工作,做个表率吧!"

没想到他哈哈哈大笑着回应道:"我们压根就没有想着抗税不缴。"

我不禁一愣,办事处的张主任和税务所的几个人也都有点儿意外。"那为什么别的村都完成了任务,只有你们村拖到现在还不见行动呢?"我不禁大声质问道。

"那只能怪你和苏所长。"他这句话使我更加不明就里。"局长大人来咱区里有半年多了吧?"他有点儿痞里痞气地问道。

"刚够半年。"我如实回答。

"村里人都知道,我这人是比较好交朋友的。早就听说咱们区里来了个年轻的税务局长,我也让苏所长给局长大人您捎过话,想请您到咱村来一趟,结识一下交个朋友,可您就是不给咱这个面子。"他的话有些刺耳。

我想起来了,苏所长确实给我说过两次这个村干部的一些情况和他的这个想法。一是因为刚到新单位,工作千头万绪,确实比较忙;二是税务部门有规定,随便和村干部见面吃饭,自己总觉得有些不大方便。

"既然局长大人今天来了,就一定得在我这地盘上吃顿饭。头回生二回熟嘛。再说了,咱们以后还得打交道不是?至于税款嘛,那不是什么大问题,您随时都可以拿走。"没想到事情纠缠这么久,竟然只是为了拉拉关系吃顿饭,也想不到他这么直接。

"谢书记,你别一口一个局长大人,我受不了,论岁数您可能是我的长辈。我看先开税票,吃饭的事先搁一搁,再说,我们内部也有规定……"我刚想拒绝,旁边的张主任急忙向我使眼色,并突然插嘴道:"虽然内部有规定,但今天在老谢这里就破例了!"

"我不管你们什么规定不规定的,今天如果赏脸在我这儿吃个饭,税款可以先缴一半,七万块钱您吃完饭就带走,剩下的一半我叫大伙凑齐,半个月内缴上。您要是不给面子执意要走,税款的事慢慢再说,您看着办。"话里对我的拒绝明显带着不满。

他的要求虽然不算什么,但真的使我很为难,按规定我是不能接受纳税人宴请的。如果接受了,就是违反规定,要求大家做到自己却没有做到。可如果我真的拒绝他这一顿饭,极有可能给工作带来看得见的麻烦,这笔税款能不能收到手?即使能,何时才能入库?这都是问题。当然,我们也可以通过采取强制手段来拿回这笔税款,但那得收集足够的证据,而且得多方协调,无形中又增加了很多工作量。想到此,我觉得自己别无选择。为了税款能顺利入库,也为了基层同志少一些为难,我只得答应了他。这也是我任职市区分局局长半年来第一次违规接受纳税人的宴请。

吃完饭回单位的时候,我都不知道自己是如何上的车。后来听说是他们抬我上车的,这真是"苦了自己的胃,为了国家的税"。当然,这一顿饭没有白吃,除了当天就开的七万元税票外,不到一个星期,剩余的七万多元税款也顺利入了库。

1990 年 10 月 6 日

超越自己难

　　作为灵长类动物，人类在地球上是高级动物，主宰着一切，无疑是伟大的。而作为个体的人，与地球相比又是渺小的，渺小到还不如沙滩上的一粒沙。同样道理，地球本身与宇宙相比也是渺小的，渺小到还不如浩瀚大海中的一滴水珠。我不是执拗于这种比较，事实上这种单纯的物理比较也没有任何实际意义。但人就是人，有时又太过于把自己当回事，遇到稍微大点儿的困难或一时想不通，就以为碰到了天大的事。宇宙就是天，别说与宇宙相比，就是与我们自身所在的地球相比，也只能算是屁事，甚至屁事也算不上。关键在自己的心态，如果心魔作怪，那怨不得天也怨不得别人。如果万事想得开，则一顺百顺一通百通。而很多时候人偏偏就是这样，遇事不容易想得开，超越别人难，超越自己更难。

　　我认为自己不是一个遇事爱钻牛角尖的人，还算豁达大度。再加上在单位里长期分管政工人事工作，对思想转不过弯的、不愿意接受安排的同事，也知道如何做工作理顺他们的情绪，尽量减少或消弭其对立情绪。但两年前我却一时无法走出自己的困境，曾在很长一段时间内有思想疙瘩。这真应了那句老话"旁观者清,当局者迷"。

2001年初,我被交流到离家二百公里以外的一个城市工作。这是正常的人事调整和安排,是上级根据干部特点和岗位空缺情况做出的决定,不管是否符合自己意愿,都应该无条件接受,如果实在不能适应,事后再提要求也就是了。中国古代官员管理历来就有"差不二派"的说法。

可是自己完全没有顾及这些道理,领导谈话时当即就顶了牛,表示不接受安排,要求离岗。多年来,不管换谁当一把手,我都配合得很好,工作很努力,成效也很明显。近几年我主抓基建,盖办公大楼简直是呕心沥血,克服了重重困难,工程才按期完工。现正推行新的税收征管模式,我作为主管领导,和科室同志一起连续加班加点,牺牲了无数节假日和礼拜天,创出的"濮阳模式"被《中国税务报》广为报道。这些成绩有目共睹,被同事和外界充分认可。但在选拔干部时好像并不看绩效,一些工作干得还不如我的人在这次人员调整中都得到了恰当的安排。组织不重用我也就算了,还要把我调走。越想越觉得组织上对自己不公平,越想越觉得窝囊,越想越觉得受欺负。

人很多时候真的是只见树木不见森林。你干得再好而上级没有发现,没有给你相应的安排,这只能说明你工作还没有做到位,还不是最优秀的,其实别人也可能比你更出色。老拿自己的优点和长处跟别人的缺点与短处比,会越比越自负,在自负的情绪中,再和别人比级别、比晋升速度,就又越比越泄气。可是,一个人一旦陷入负面情绪就很难自我解脱,亦不想从自己这里查找原因,只是一味地怨天怨地怨他人。就这样,由于想不通,有很长一段时间我没有到新单位去报到。

这件事当时在系统内外还是产生了一些影响。很多同事劝我服从安排，说既然上级定了还是去吧，胳膊拧不过大腿，再说去外地也未必是什么坏事。我知道他们是从关心我的角度出发的，但我还是说自己不是不服从组织的安排，只是要求离岗，自己也符合离岗条件。也有一些同事当面恭维我，说我有骨气，敢于正面和领导叫板，但背后却对我冷嘲热讽，在看我笑话的同时也看上级机关的笑话，对此我从不计较。还有一个平时私人关系比较好的领导对我说，经过这一番折腾，你去与不去，以后再想进步可以说基本没有希望了，你考虑清楚，不管做出什么决定，以后不要后悔就是了。我说事已至此，我不会在乎这些的。更多的人对我这个事抱着无所谓的态度，事不关己高高挂起，其实这也是一种正常心态。

回想起来，说实话当时还是我自己太在乎了。付出了很多努力之后希望得到相应的回报却并没有得到，自己又缺乏必要的勇气和灵活的处事手腕去争取，蔫不拉唧地走了，显得面子上过不去，这就形成了一个负担，使自己背上了包袱，心灵被自我制造的痛苦蒙住了。

后来，还是一个在老家当农民的初中同学帮我解开了这个心结。他来向我借钱，我们说起了各自的情况，我把我当时的处境和心情给他讲了。想不到他说："你这是自寻烦恼。你自己又做不了主，跟上司较这个劲有什么意思呀？以你现在的身份和位置，到哪里不是一样工作，有车有房有工资，还能受苦吗？你跟这个比跟那个比，咋不跟我比？你要是像我一样给孩子娶个媳妇还得到处借钱,就不会有这样的烦恼啦!"不经意的几句话犹如醍醐灌顶。是呀,一切痛苦和烦恼皆来自比较中,我为什么就不能和他比比呢?他一直生活在农村,不是也乐呵呵地生活,没抱怨过谁吗?我开始不是和他一样的吗?看来,我也和这个世界上大多数人是一样的,在人生的旅途中背上了太多的行囊。很多行囊其实完全不必要背,只有把它卸下来,才能走得轻松。作为公门中人,不遇到一些挫折是很难把道理完全体会得清楚的。

当想到这个世界上还有很多人在默默接受无可奈何的生活,甚至还在为柴米油盐奔波时,我对自己的境遇就会坦然许多,就不会再为眼前这点儿芝麻绿豆大的挫折而痛苦,就不会再为没有得到的东西而烦恼了。如果还是那样,再微不足道的困难也会成为人生的最大障碍。我要超脱,前头会是艳阳天,这不是随遇而安,也不是阿Q精神,这是人生应有的境界。后来我到二百公里外的那个城市工作也充分证明了这一点。

我少年时的读书趣事

　　我出生在一个知识分子家庭,父亲和叔叔都是语文老师。受他们的影响,我从小就喜欢读书,除小学课本之外,我读的第一本书是《林海雪原》。大概是在我上小学三年级时,那时"文化大革命"开始了,所有学校都在搞"停课闹革命"。中学生都在进行"大串连",到处都在搞"破四旧、立四新"和"造反"活动。小学生有的当了"红小兵",跟在中学生"红卫兵"的后边到处乱跑,更多的则是窝在家里玩耍。我那时还不到九岁,既当不了"红小兵",也不愿意跟一帮小伙伴四处玩耍。一个偶然的机会,我得到了《林海雪原》这部长篇小说,开始只是试着看,遇到不懂的生字就查字典,边查边看。慢慢地被里边的故事情节吸引,就如饥似渴地读了下来。

　　这件事之所以使我印象深刻,主要是因为我当时年龄太小,而且个子也不高,手捧一本又厚又重的破书,在昏黄的煤油灯下十分专注地看着。这一场景被一个到我家为我爷爷看病的老中医看到了,他觉得很奇怪,小小年纪,竟然阅读这么厚实的书。这种情景在当时的社会环境下是很难见到的。他拍了拍我的头说:"小伙子,既然你这么喜欢看小说,那以后就到我那里去看吧,我放了好几本长篇小说呢,够你读一阵子的。"于是,我就成了他家的常客,虽然他并不跟我在一个村子里居住,我还是每天乐此不疲地往他那里跑。像《铁道游击队》《烈火金刚》《野火春风斗古城》等一大批反映战争年代革命英雄事迹的小说,就是在那时候阅读的。崇拜英雄的心态由此形成,爱好读书的习惯也正是在那一时期养成的,并且一直保持到现在。只不过随着年龄的增长,在不同的人生阶段,读书的侧重点不同罢了。

我少年时喜欢赶庙会,特别是冬春季节农村庙会比较多,而庙会上总有一些摆连环画的地摊。读一本或一套连环画册,需要付一两分钱。读几本(套)就要花掉一两毛钱,但要想得到这一两毛钱在那时却也是很困难的事。没有钱,我就和邻居家小伙伴拿一条长麻绳,到庙会边上找几棵树围成个圈子,帮赶庙会的人看自行车和手推车,往往大半天也能挣到几毛钱。待下午人们将车子取走后,再拿着分到的钱急急忙忙跑到地摊上去看连环画,直至天黑看不见字才离开。

要说读书对人思想的影响,有时还真是立竿见影的,特别是在那个一切都要讲"政治挂帅"的年代里。记得那是一九七二年夏天的一天,我和同学陈廷到镇上去玩耍,无意中看到公社大礼堂门口贴了一张告示,内容是镇上有几人在玉米地里逮住了一头啃食玉米的无主黑色母猪,就捆在镇"革委会"院子里等人认领。我突然想到我们生产队前两天刚好丢失一头猪,是不是这一头呢?又想我该不该回去给生产队报信呢?此时我正好刚读完《艳阳天》和《金光大道》这两部小说,对里边塑造的维护和发展农村集体经济的代表人物萧长春和高大全十分崇拜。所以,我觉得这头猪是集体的财产,要使集体经济不受损失我就不能不管,而且还要马上管,以防被冒领,于是我就拉起正在打乒乓球的陈廷飞也似的向村里跑去。当时,从村里到镇上的土路被暴涨的河水冲断了,我俩跑到那里时,有人正在抬木头准备搭桥,等不到桥搭好,我俩就跳进湍急的河水里游向对岸,然后继续跑回村里报信。这件事现在讲起来好像是笑话,可能有不少少年朋友会觉得难以理解,但当时我确实就是这样想、这样干的。能把现实生活中发生的事和向书中的英雄模范人物学习联系起来,这难道不是书籍的力量吗?

上初中后,课业的压力也不是很大,我阅读的愿望更强烈了,阅读范围也更广泛了。说实话,那时候适合中小学生阅读的书籍实在少之又少,但革命领袖们的著作还是很多的,很多家庭和单位都有。像《毛泽东选集》,列宁的《国家与革命》,马克思、恩格斯的《共产党宣言》等政治理论书籍,这些书在初中阶段我就读过一遍甚至几遍。尽管里面的好多词语和观点都弄不懂,但总觉得有书读要比没有书读强,即使枯燥无味也要硬着头皮读下去。现在想起来,这些书和小学时读过的革命战争题材小说,都对自己后来的世界观、人生观起到了很重要的基础性作用。

税事随想

初 次 收 税

　　参加工作一个多月了，工作上的事情自己还插不上手，一直坐在办公室。科长安排的任务就是看书、看文件，省财政厅税务局、地委行署下发的有税收政策规定，一本《工商税法令汇编》翻来覆去地看，偶尔再看看报纸接个电话，新鲜劲一过，一天到晚挺枯燥的。

　　5月26日一上班，科长就要我跟他到浚县下乡，了解生猪屠宰税落实情况和临时商贩原木收购贩运的税收管理。我在农村出生长大，也是一个农民，从小就和农民打交道，如今下乡工作倒是头一次。中专毕业后，我被分配到了地区机关，听说他们也不常下去开票收税。今天面对的又是商户和屠宰户，情况会怎么样呢？

　　带着几分稀奇、几分忐忑，我跟着科长坐上了长途客车，颠簸了一个多小时，来到了浚县税务局。中午在机关食堂用餐时，科长就安排我们分头开展工作，他留在县局，参加原木收购贩运座谈会，我跟随税务所专管员到市场上调查了解屠宰税政策落实情况。可即便是调查，对我来说也是一道难题，全然没有头绪。咳！管他呢，反正有税务所的人领着呢。

　　吃过午饭,城关税务所的詹所长开着摩托车来了。詹所长五十岁左右,中等身材,有一头浓密的黑白相间的头发,脸上长满了络腮胡子,眼睛大大的,说起话来瓮声瓮气,给人一种不怒自威的感觉。他告诉我:"县城南边村里正逢庙会,咱就到那里去收税。所里两个人已经去了,咱俩得快点儿走。"我应了一声,坐在了摩托车的后座上。

　　庙会上人潮拥挤,一个猪肉摊前更是围了很多人,大家七嘴八舌地在吵吵着什么。走近了,看见一个光头汉子手拿明晃晃的杀猪刀,在两个年轻的女同志面前上下不停地比画着。詹所长叫道:"不好,屠宰户王二孬又要犯浑了!"说着,他停下摩托车就冲了过去,我也顾不得多想,疾步跟了过去。

　　"你们不是要税(睡)吗,老子今天就偏不给你们税(睡),能咋的!"那个叫王二孬的摇晃着手里的刀子,淫笑着对站在猪肉架子旁边的两个年轻姑娘说,围观的人群"哄"的一声笑开了,另外三个卖肉户也跟着起哄。两个姑娘的脸"唰"一下红了,怯生生的无言以对。

　　"王二孬,闭上你的臭嘴,有种冲着老子来,你为难两个小姑娘算什么本事!"詹所长"噌噌"几步跨到王二孬面前,暴怒地瞪着眼对他吼道。

　　"呦!我还以为谁呢,原来是詹所长大驾光临,有何指教哇?"王二孬流里流气地说道。

　　"少废话,今天的税款你缴还是不缴?"詹所长义正词严地问道。

　　"詹所长,不是我不缴,这年头卖一扇子猪肉能挣几毛钱?前天还是杀一头猪缴三块钱的税,今天一下就变成五块啦,像今天我拉这四头猪就要缴二十块,加上工商管理费又得五六块,谁受得了啊?你们说是不是呀弟兄们?"王二孬边说,边瞟向他的三个同行。

"是呀是呀! 照这样下去,我们没法做买卖啦!""谁规定要涨税啦? 反正我们就是缴不起,我们不干啦!""走,找他们领导评理去!"那几个屠宰户七嘴八舌地附和着。

"哼,要文件吗? 这可不是我要增加的,这是财政部税务总局根据全国物价上涨水平,经过严密测算后调整上去的。从四月一日起,每宰杀一头生猪,屠宰税由三元提高到五元。"詹所长边说边打开随身携带的手提包,拿出县税务局转发的税务总局的红头文件。"看看! 这里还有详细的算账过程,怎么样,要不要我念给你们听听啊?"

几个屠宰户便不再作声,有的低头抽烟,有的在用杀猪刀刮着猪皮上的碎毛毛。"小梅,开税票,王二孬的二十五,其他三人每人十五块。"詹所长对旁边一个叫小梅的助征员喊道。

"啊? 凭什么! 凭什么跟我要这么多? 姓詹的,你欺人太甚。老子今天还就不缴了,看你能把我怎么样!"本来正在刮碎毛毛的王二孬突然转过身,怒视着詹所长吼道。我有些担心,不知该如何收场,难道一些老同志常说的"暴力抗税"的场面就要在眼前发生吗? 看看两位女同志也是面面相觑。

"怎么着,兄弟真想抗税吗?"只见詹所长笑眯眯地拍了拍王二孬的肩膀说道,"你要觉得冤,咱们就算算细账。我刚才听到你说今天你杀了四头猪没错吧,我数了数你也确实挂了八个肉钩子,说明你刚才没有说瞎话。他们三人每人都挂了四个肉钩子,每人都是杀了两头猪来卖对吧。每头猪屠宰税五元,你该缴二十元,他们每人该缴十元,这也没错吧。叫你们杀猪前来税务所申报,我们去人查验,你们都没来申报,这本身就严重违反了规定,每户罚款五元。王二孬,你自己算一下,叫你们拿的钱数有没有错?"我不禁暗暗佩服詹所长的细心,说起话来粗声大气,其实什么都逃不过他的眼睛。

只听詹所长继续说道:"王二孬,你前天给县供销社食堂送了两筐猪下水,昨晚上又给城关的老李家送去两扇子猪肉,都没有到税务所报验,要不咱们去调查一下?"一席话说得王二孬像泄了气的皮球顿时蔫了,其他三人也不再吭声。就这样,七十元的税款收到了,四张完税证也顺利开出。

接下来所里又来了三名同志,我们七个人分成三班,对整个庙会的临商摊位检查了一遍。该收的税都开了税票,当天共收税款一千三百多元。看得出来,詹所长对今天庙会征收的成果很满意。

回县局的路上我由衷地赞扬詹所长:"你真有办法,这种场合你既不给局里汇报也不找派出所帮忙,一个人就应付得这么好,我真服了你。"詹所长听了爽朗地哈哈大笑,接口道:"这算什么。在下面收税时间长了,这种事经得多了,像王二孬这样的刺头我见得也多了,外强中干,咱首先不能从气势上输于他。再说了,如果一有困难就往上推,那还要我这个所长干什么?"

"那你一上来就发现他们每个人今天拉来了几头猪吗?也没见你数哇?"我仍有不解。

"我有火眼金睛。"他开句玩笑继续说道,"那还用得着专门数一数吗,瞄一眼绝对一清二楚,错不了的,这也是经验的积累。"

"那你又是如何知道王二孬昨天给人家送肉的?"我决心打破沙锅问到底。"这个嘛……暂时保密!"他嘿嘿一笑继续说道,"说到底,咱还是要靠政策、靠法律才能压过他们,以理服人。你说是不是呀?"他反问我一句,一拧油门,摩托车风驰电掣般向前驶去。

我的思绪仍无法平静。这半天的收获是我在办公室坐一年都体会不到的。我感到,詹所长细心敏锐的观察力、娴熟精练的业务能力、临阵不乱的处理能力,不单单是来自年龄的增长和经验的积累,恐怕更主要依赖于他对岗位的认真负责和对税收事业的执着追求吧。这不正是我们年轻的税务干部在以后漫长的职业生涯中需要孜孜不倦地学习和刻苦磨炼的吗?

豫东监狱参观有感

曾听一个著名法学教授讲：现代社会的公民，至少有三个地方要参观一次——法庭庭审现场、监狱和火葬场。虽算不上什么名言警句，但这个观点似乎正在被越来越多的领导者所认可和接受，想必有一定的劝诫和警示作用吧。

为加强党风廉政建设教育，使大家牢固树立拒腐防变的思想意识，商丘市国税局于 2003 年 3 月 29 日组织机关全体人员到豫东监狱参观。这样的活动对我们大多数人来说还是头一次，大家坐在大巴车上议论纷纷，监狱内部是什么样子，服刑人员生活怎样，以及如何劳动改造，等等。听得出来，大家对参观监狱感到新奇，心里还有几分忐忑。

豫东监狱坐落在商丘市文化路西段，对外的牌子是振华玻璃厂，开放式的大门很普通，在大街上随处可见，与其他单位没有多大区别。进门之后走上一段距离，还有一道电控铁门，这才是监狱真正的大门。监狱围墙很高，上面装有铁丝网，墙角岗楼上有执勤警察，他们警惕地观察着周围的动静，处处展示着威严。接待人员强调了参观纪律：统一按规定线路行走，不允许拍照，不允许与服刑人员交谈。还给每个人发了一张参观证，要挂在脖子上,出门时还要交回。

进了监狱大门之后,里面道路平整清洁,房屋窗明几净;路旁树木成行,脚边绿草茵茵,环境幽雅而静谧。足见这个改造人、管理人的单位对环境卫生十分重视。几位在院内行走或打扫卫生的服刑人员,见到我们参观人马就立即停下脚步或手中的活,站在一旁,不用管理人员招呼,看来他们平常就被这样要求和管理。只是此情此景,多少和幽雅的环境有点儿不协调。

我们首先参观服刑人员的餐厅,感觉规模不小,能够容纳很多人就餐,和大学餐厅有得一比。接待人员说这里饭菜并不单调,虽然没有大学食堂花样丰富、品种繁多,但也绝不像迟志强所唱的"菜里没有一滴油"。我国的监狱还是很讲究人性化管理的。

再看监舍,乍一看以为到了军营,比大学宿舍不知强了多少倍。监舍是那种筒子楼形状的一个一个单间,每间大约三十平方,摆放了六七张上下床,能够住十几人。被子全都折叠得十分规整,跟豆腐块一样,地面、桌面和窗户被擦得一尘不染。看来,只有在严格的制度和纪律约束之下,人的行为才能够更加规范一些。可惜这是在失去自由的前提下才有的,不免令人唏嘘。

接下来是劳改人员的工作场所——玻璃生产车间。早春的天气乍暖还寒,但1500摄氏度左右的高温熔化炉让车间里热烘烘的,工人都只穿一件单衣还不免冒汗。滚动的玻璃板传输带是自动化生产线,但向高温炉里加料,玻璃板成型切割传输,再到最后装车外运,每一个环节都需要人工把守监管。看得出来,他们干活十分认真专注,不去注意我们这个庞大的参观队伍从他们跟前经过,他们聚精会神地关注自己的工作,生怕有半点疏忽。门口两个管教人员平静地注视着这里的一切。监察室张主任附在我耳边悄声说:"监狱是否也像这个生产车间? 原料进熔炉后经过高温加工,再出来时就已经是光洁明亮的玻璃了,人从监狱出去后,是不是也成了对社会有用之才呢?"我十分佩服张主任的想象力和并不很贴切的比喻,也赞同他的观点。

最让我感到震撼的是三位在押服刑人员的现身说法,看来监狱经常举办这样的活动,演讲主角也像是经过精心挑选的,原来从事的工作和我们差不多。有两人曾在基层执法部门工作,分别因受贿罪和徇私舞弊罪入狱。另一位年长者曾长期在省直某经济管理部门担任副职,是副厅级领导干部,也是因经济问题被判了刑,在三人中刑期最长。他们年龄不同,级别不一,承担的职责任务也都不一样,但都曾在各自的岗位上付出过辛勤的劳动,做出过很大贡献,也获得过不少荣誉,得到群众拥戴和组织信任而被委以重任以后,却因抵制不住金钱物质的诱惑而一步步滑入了犯罪的泥潭,不仅自己成了阶下囚,也给家庭带来了持久深重的伤害。三位声情并茂的演讲和悔恨交加的泪水感染着我们的心灵,他们对亲人的无尽思念和对自由的热切期盼触动着每位倾听者的神经。听完他们的演讲,不少人早已是泪光莹莹,唏嘘连声。

至此,我感觉警示的目的已然达到,教育的作用已经充分显示。在返回的路上,整个大巴车中没有了议论的声音,我猜想大家还深陷在对参观的思考中。我猛然想起系统内一位领导讲过的一句话:"天使与魔鬼,仅一念之差;英雄和囚徒,只半步之遥。"我深信这是从无数个身陷囹圄者深刻的人生教训中总结提炼出来的,极具哲理性,发人深思,催人警醒。作为一名公职人员,面对诱惑很可能一念之差就悔恨终生。所谓防微杜渐,拒绝第一次违规,也并非只是简单的空洞说教,而对人生具有实实在在的引导作用。

走好自己的人生路,做到对得起国家、对得起家人、对得起这份工作。真正成为一个大写的人,可能并不容易,但并非做不到。

2003 年 4 月

信息时代寻求心灵安宁

　　从最初的结绳记事、口口相传到文字传承,人类大概已经用了几千年时间来发展信息交流工具。至于什么时候有了专门传递信息的邮差,历史上还没有确切的记载,但应该不会早于秦,因为战国时期还依然靠烽火狼烟传递边关战事信息。后来用快马传送,正所谓"六百里加急""八百里加急",尽管这大大加快了信息传播速度,却也很有限。直到电报发明、电话普及,信息传递方式才真正发生了变革,对人类生产生活产生了革命性的影响。

　　二十世纪九十年代初,美国提出建设"信息高速公路",距今不过短短二十几年时间,信息产业得以高速发展,人类进入了一个"信息爆炸"时代,也称数字化时代。反映到人们的日常沟通交流上,我觉得有"四多四少":写信少了,打电话多了;上门看望少了,短信问候多了;当面辩论少了,网络互骂多了;读书看报少了,低头玩手机的多了。

　　一天早上在家吃饭,我说:"现在媒体真是发达,早上睁开眼只要一打开电视、翻开报纸,就能随时了解世界上发生的重大新闻。"话音还没落就马上受到了儿子的嘲讽:"老爸的观念还停在三十年前,早都是互联网时代了,谁还看报纸、电视了解新闻?"其实我并非"老土",只是对一有空就玩手机的"低头族"很不以为然,但又不忍心做过多批评。任何一种能引起众多跟风者从而形成潮流的行为,都自有其理由吧。前两天和一位老朋友聊天,他说自己的孩子也是这样,边吃饭边低头看手机,有时连小孩也顾不上管。这还不算最严重,有的面对面也要发微信或微博,却不直接交流。

这个世界怎么啦?互联网和手机本来是方便人们生活交往,拉近人与人之间距离的,不料也有很多"副作用"。需要当面拜访的打个电话就了事,应该面谈沟通的发发信息就算完,疏远了亲情和友谊,增添了人们之间的冷漠。在一切都围绕利益打转的当下,一些人看事物目光短浅,做事情心性浮躁,微博、微信等又在一定程度上推波助澜。信息爆炸在向人们传递有用信息的同时,各种垃圾信息也无孔不入,扰乱人们的生活。不只新闻和广告随处可见,更有各种谣言和秘闻充斥屏幕,使人难辨真伪,看了"微"就信以为真,不探真相不求深入。应运而生了不少网络骗子和所谓的"民间意见领袖",他们对一些所谓的网络热点事件的报道和评论到底孰真孰假,让人头疼。俄罗斯作家索尔仁尼琴说过:"过度的信息对于一个过着充实生活的人来说,是一种不必要的负担。"

我对很多信息很少发表意见和评论,以免上当受骗,破坏心情。身处信息爆炸时代,扛得住各种诱惑,做到心静如水并不容易,要做到闹中取静,还是要多读书充实心灵。培根说过:"书籍是在时代的波涛中航行的思想之船,它小心翼翼地把珍贵的货物运送给一代又一代。读书给人以乐趣,给人以光彩,给人以才干。"据说世界上有两个民族最喜欢读书,就是犹太人和日本人,他们每年人均读书量都在二十本以上。

中华民族是伟大的,也是善于学习和不甘落后的。只要我们不为虚假的繁华所迷惑,不为浮尘遮眼,不为蝇头小利而倾轧,让大多数人都做到多读书、读好书,实现伟大复兴的"中国梦"就指日可待!

三 种 能 力

参加税务工作近三十年,感觉机关人员要具备一定的素质才能适应工作。这素质可概括为六个字——"会算、能讲、善写"。素质高一点也脱离不开这六个字,无非是层次更高、眼界更宽。

首先说"会算",这是基本要求。作为一名税务工作者,不会算怎么能行? 哪些税该缴哪些税不该缴,该缴的是多少,该退的是多少,政策执行到位不到位,等等,都要通过"算"才能知道结果。我们这一代人在八十年代初期参加税务工作,当时主要靠打算盘进行计算,汇总一套报表往往需要一天甚至几天,出了好多打算盘的高手,基本功就是那样练出来的。八十年代中期,我们开始使用电子计算机处理税收计会统业务,从大量的手工操作中解脱出来,提高了效率,节省了人力。现在,计算机已经被广泛应用到税收管理中,像金税工程、CTAIS(中国税收征管信息系统)等,虽然专家更强调其是管理和控制的过程,但实际上更是计算的过程。现在又要进入所谓的"大数据云计算"时代,但不管是什么叫法、什么时代,都还是一个"算"字,只是"算"得更广、更全面,也更深、更精细罢了。所以,"会算"是一个基本要求,还要无限扩展,精准把握,才能适应工作,适应未来的科技发展。

第二个是"能讲",语言表达能力强,就是老百姓常讲的能说会道。不仅做税务工作要求能讲,做任何工作都要求具备一定的语言表达能力。公务员招考时要面试,重点考察的就是考生的语言组织能力。税务工作对语言表达能力要求更高一些,因为我们是收税的,是从别人兜里掏钱的,别人愿不愿意掏,掏得顺当不顺当就看怎么去讲了。依法治税,需要宣传税法,宣传就主要靠讲,不会讲怎么能做好税收工作呢?还有,任何人干任何事情都不是孤立完成的,都需要大家互相配合,团队合作才能出效率、出成绩。要合作好也必须会"讲",讲出具体要求,讲出合作方法和意义,否则就无法动员众人形成合力,别人也不知道怎么合作,这怎么能干好工作呢?随着市场经济体制的不断完善,国家对外开放与交流的范围也越来越广,更需要我们有国际眼界,要懂外语,既要能听还要能讲,这样才能做国际化税务管理人才。

再来谈谈"善写"。在机关工作,写东西是一项十分重要的日常工作,好多事项都离不开写,比如计划方案、总结讲话、调研报告等。可我发现,有些同志工作多年了仍然掂不起笔,满足于跑跑颠颠打打下手,如何规划、如何总结却不甚了了。也有一些同志查账征收、业务管理出了成绩,可要写个经验总结做个发言,那就作了难啦。业务工作很重要,但干得好还要能写出来才行,不然就是个人严重的短板,对工作开展和个人进步都是不利的。虽然有办公室负责写文字材料,但那是为全局搞综合服务的,代替不了各业务口的写作职能。要总结好、宣传好自己的工作,提升自己的形象和在系统内外的认知度,还是要靠自己写出来。过去朝廷选拔人才,主要考写作考文章,文章里看思路,看办事能力。

那种选拔人才的方式虽然有很大弊端,但也有一定的道理,所以科举制才在中国存在了一千多年。

现在考上公务员的人都是"过五关斩六将"的,素质都很高,能力都很强。现在国家一直在抓复合型人才建设,人都需要提升自己的这三种能力,然后有了好的基础,其他人际交往、组织协调能力都能在这三种基本能力中体现和衍生,也都会有相应的提高。

三种能力六个字,说起来简单,真正做到却很不容易。希望年轻人都能够全面发展,成为复合型的拔尖人才,成为国家经济建设的栋梁。

2008 年 8 月 7 日

排队上车与竞争上岗

"排队上车"与"竞争上岗"是当前选拔任用干部的两种主要方式,都符合上级的要求和基本规定。但二者的程序、标准和侧重点又存在很大差异,由此产生的选拔结果也会有相应的差别。备选对象因所站角度不同也会有不同的呼声。到底哪种方法更科学,更符合单位的实际情况,经常会成为基层单位主要负责人和主管人事工作的同志在每次选拔干部时不得不认真思考的事情。

所谓"排队上车",只是一个形象的比喻。就是大家都在等待上车,要先排好队,待车到来时要按先后顺序上车,不允许拥挤、插队,如果这一趟车上不去就等下一趟。"排队上车"主要体现的是重资历、讲秩序,也就是常常被很多新人诟病的论资排辈。排在前面的自然就是老资格,资格较老的自然优先任用。这样做的好处显而易见,老同志具有丰富的人生阅历和实践经验,而机关工作又需要充分发挥老同志的经验和长处,以保持工作的连贯性和平稳性,也有利于干部队伍的整体稳定。但它的弊端却也不容忽视,那就是容易使干部养成混日月、熬资历的心态,一部分人会认为反正干多干少都一样,只要不出事,早晚都会轮到自己。所

94

以这种规则磨灭人的锐气,伤害青年人干事创业的积极性,不利于激发队伍的活力。如果每次选拔都只使用这一种规则,时间长了就很容易形成"一潭死水"。

所谓"竞争上岗",是近年来很多地方和单位选拔干部时采用的一种新规则,通常也被认为是干部人事管理的一项改革举措。与"排队上车"不同,它不完全依赖资历,而是要求备选对象参加一系列的竞争,以考试分数、推荐票数等为标准对每位竞争者进行量化考核,最后得分高者胜出。这种规则的好处就是把"伯乐相马"变成"赛场选马",为优秀人才的脱颖而出创造条件,使能力出众者优先得到任用。这种方法减少了许多人为因素的干扰,以及仅凭领导主观感觉选人用人可能产生的偏差,消除了论资排辈的弊端,有利于调动干事创业和加强学习的积极性。但它也存在一些问题,机关内部每个科室、每个岗位的工作内容和评价标准都是不一样的,很难用一个尺度、一张考卷来衡量出不同岗位、不同工种之间工作人员的业务水平、协调能力和工作绩效。这种完全由考试分数和推荐得票数决定结果的方法,也使得有些人为得高分只注重学习不注重工作,甚至放下工作专事复习,为得选票而只讲人情不讲原则,甚至四处求情拉票,想想看,这么严重的弊端会造成多么可怕的后果。

由此看来,这两种规则都各有优劣,很难完全肯定某一种而否定另一种。事实上,任何规则都是人制定的,也是需要人来操作和遵守的,必须扬长避短,发挥规则的最佳效应。实际操作过程中,要严格坚持德才兼备的选人用人标准,在不违反《党政领导干部选拔任用工作条例》的前提下,结合单位实际状况,充分考虑各方面人员诉求,因时因地制定出最佳方案,既照顾资格老、年龄大、踏实干事的老同志,又能使优秀年轻干部脱颖而出,最大限度地激发队伍活力,使整个人事管理工作呈现出既井然有序又生机勃勃的局面。

不要暗中下绊子

机关人员进步都会面临竞争上岗,越进入后边程序,竞争越激烈,到最后就一定会有个你上我留的问题,参与人员在一定程度上就是竞争对手。如何看待"上"和"留",最能看出一个人的胸襟和度量。有的同志专门盯着竞争对手的缺点和失误,一看他可能超过自己啦,就开始做手脚,企图把对手拉下来,写匿名信,揭发对手的经济问题、男女关系问题、计划生育问题等,不管有没有事实,先把对方搞得灰头土脸再说。

这样做对不对?好不好?对举报人来说,如果你知道被举报人的一些违纪违规事实,那么本着对组织、对事业负责的态度,平时就应该反映举报,举报的大门一直是敞开的呀!为什么平时不说,非要等到考核时再说?显然不是出于公心,这不是暗中使绊子又是什么?如果没有事实依据甚至捏造事实,那就是诬告了,要负法律责任。被举报者也要本着实事求是的精神客观看待,有没有问题自己最清楚,应该光明正大。真的假不了,假的真不了。没有问题怕什么?如果真有问题,那就趁早向组织说清楚,趁早退出竞争。人不能什么都占光,违反了规定和纪律,还想提拔当领导,世上哪有这种好事呢!

单位有举报箱和举报电话,有事实、有根据的署名举报会受到组织的认真对待,坚决反对无中生有、捏造事实的匿名诬告。暗中下绊子,搞无中生有的匿名诬报很容易把水搅浑,把一个地方、一个单位的风气搞坏,必须坚决制止。

"疑人偷斧"真人版

老唐长得五大三粗,说话也是粗声大嗓的,他挺着个大肚子,很有大老板的范儿,也喜欢别人称他唐老板。他早年当过兵,后来转业到了这里。他姑父在市外贸局当副局长,老唐就在他姑父的帮助下,在市郊开了一家桐木板加工厂,产品主要销往俄罗斯和欧洲。近年来,俄罗斯经济持续好转,加上出口退税政策的支持,他经营企业也算顺风顺水,挣了不少钱。他办理出口退税经常与我们基层管理部门打交道,加上我与他妻子是同学,我们的联系虽然不多但也没有间断过。

听人说,老唐这人做事非常精明,擅长算计,性格中有个很大的特点就是疑心较重。遇到问题不查找原因、自我反思,却喜欢怨天尤人、四处责难,往往给他周围的人和自己带来更大的伤害。这种斤斤计较又多疑的个性明显和他粗犷大气的外在形象不相符,更不用说作为一个企业家必须具备的宽容和大度了。因此,他的事业始终也做不大。这不,最近发生的一件事恰如其分地印证了别人对他的评价。

我从澳洲回来的第二天,刚上班,老唐和他妻子就急匆匆地跑到我办公室嚷嚷道:"你这些天到哪里去了?打你办公室电话总也没人接。我被你们稽查局罚了十几万，厂子快要干不下去了，我都快憋疯了！"看他气急败坏的样子，我给他们倒了两杯水："我出国半个多月才回来，今天刚上班。如果你违法了，我在家也救不了你呀。到底怎么回事，你坐下来慢慢说。"

原来，上个月市局稽查局到他的企业查账，说有两张增值税发票不符合抵扣规定，让他补缴十七万元的税款和罚金。稽查人员并没有告诉他发现违规发票线索的来源，这让他起了疑心。他想，做同样生意的企业在本市有七八家，为什么不查别人专查自己呢？一查还真查出了问题，给自己造成这么大损失。他总怀疑是有人举报他。他想找我问一下情况又找不到，今天就和妻子匆匆忙忙跑来见我，想弄明白个中原因。

我想，按照公开透明的执法原则，这也不是什么需要保密的事情，应该把缘由给他说清楚。我打电话把稽查局长请到我办公室，让他当面给唐老板讲讲清楚，以消除他的疑虑。"那是外地转来的协查件牵涉到了他的两张发票……"稽查局长只说了一句话就被唐老板打断了，他连声问道："什么，什么？您说什么？"这个答复可能太出乎他的预料了。唐老板又自言自语地嘟囔道："这怎么可能呢？"得到稽查局长肯定的答复后，他的脸上立即显现出极度惊讶又尴尬的表情。他继而猛然站起身，也不打招呼就逃离似的大步走出了我的办公室。见他如此失态，他妻子禁不住狠狠地骂了一句"神经病"，连忙向我们解释了为什么稽查局长的一句话会使他如此震惊和迅速逃离。

唐老板之后就开始按自己预想的，怀疑并查找所谓的举报人了。他首先怀疑的是经常给他供应原材料的张老板，因他不断压低收购价格,还因为原材料质量问题和对方争吵过几次。所以,他不问青红皂白就强行取消了人家的供货资格,逼得刚刚收购了一院子原木的张老板百般哀求都无济于事,最后不得不将原木赔本卖给了另外一家企业,离开了这座城市。唐老板这才意识到可能冤枉人家张老板了。但事已至此,也没什么可挽回的。

他在厂里看到老胡的客货两用车,好像忽然明白了似的,觉得这事一定是老胡举报的。原来,唐老板的企业虽然不大,但在姑父的帮助下争取到了自营出口的资格。没有这种资格的厂商,要想出口都得通过外贸部门才行。老胡和他一起当过兵,俩人算是战友,为图省事,老胡就用唐老板的产品品牌做同样的生意,再给他缴纳品牌使用费。近一段,唐老板提高了品牌使用费,两人闹得不很愉快。唐老板打定主意,得给老胡一个教训,不给他开发货证明,让他违约交不了货。就这样,老胡合同到期,拿不到发货证明,无法发货违了约,之后对唐老板彻底寒了心,转而与他脱钩,通过外贸部门联系生意去了。这一次,唐老板不仅失去了轻而易举就能得到的不薄的固定收入,也丧失了众多和他一起当过兵的战友和同行们的信任。他想,难道又错怪人了不成?

到底是谁举报的呢?难道是内部人员干的?他突然又想到了半年前被开除的会计小吴。小吴三年前从财会学校毕业,被唐老板聘来做事,他擅自挪用两万元现金给家里人看病,唐老板发现后就把他给开除了。小吴既有动机又熟悉财务上的情况,一定是小吴怀恨在心而举报的。他知道小吴的女朋友还在厂里上班,就立即找了个借口将那个女孩子辞退了。后来发现那两张发票是小吴走后才入账的,况且那女孩子早就和小吴分手了。他又惊得半天合不拢嘴,看来这事不是小吴干的,又连累无辜了!

他妻子最后说:"要不是你们给他讲明,他还不知道要怀疑多久,伤害多少人呢!"

听完这番话,我陷入了深深的思考中,唐老板是被他自己假设的结论和画出的圈子套住了。他的行为除了对自己和他人造成了不应有的经济损失外,还重重地伤害了身边的朋友和员工,活脱脱上演了一出现代版的《人有亡斧者》。当谜底揭开、真相大白时,他又怎能不为自己的多疑和愚蠢而懊恼和自责呢?这次事件结束了,但愿他能认认真真地吸取教训,摒弃无端猜忌的坏毛病,宽容大度,友善待人,诚信经营,依法纳税,成为一个真正的企业家。

"任务治税"要不得

"依法征税,应收尽收,坚决不收过头税,坚决防止和制止越权减免税",这是近几年国家税务总局反复强调的组织税收收入的原则。这个原则是"依法治国"理念在税收领域的重要体现。但在组织税收收入过程中,有不少地方,特别是一些经济欠发达地区,把"依法治税"变成了依"任务治税"。

这个问题主要是不科学的政绩考核机制造成的。本来,经济决定税收,依据政策,有多少应征税源就收多少税款,这是天经地义的事情。但不科学的政绩考核使得一些地方和干部产生了强烈的数字需要和发展冲动,总想干大事、创大业、出大政绩,没有充分考虑地方财力,就要大手笔、大投资、上大项目,财政的压力自然就大起来了。

在"分税制"财政体制之下,向上级政府争取额外的资金很难,于是有人就把眼睛盯在税收上,不切实际地向税收要潜力。税收任务是自上而下层层下达的,如此一来难免会层层加码,在系统内垂直下达的同时,地方再追加一部分,组织税收收入的工作就难做了。

如何对待地方追加的任务?一位在税务部门工作多年的老

局长曾深有感触地说过:"完成任务一张嘴就能说清原因,完不成任务浑身是嘴也说不清。"大有"一俊遮百丑"之嫌。更何况,地方给税务部门追加的任务往往还和资金奖励等挂钩,这更关系税务部门的"钱袋子"。对基层税务部门来说,不论是上级主管部门还是地方政府都是领导机关,对领导下达的税收任务都得接受且还要尽力去完成。任务重压之下,在有些地方,"依法征税,应收尽收"就变成了一句空话,拿任务说事,依"任务治税"势成必然,更谈不上涵养税源、发展经济啦。

依"任务治税"的危害是巨大的。首先,它削弱了税收的"法定性"原则,把"该征多少就征多少"变成了凭需要"想征多少就征多少",视法律如儿戏。不依法依规办事,长此以往,谁还敢相信你这个地方能有公平公正的营商环境呢?即使招商引资力度再大,谁还愿意到你这里来呢?其次,"谷贱伤农,税重抑商",为任务而搞"寅吃卯粮"或"虚收空转"无异于饮鸩止渴,都会给企业造成沉重的经济负担,使其无力扩大生产和搞科研开发,对经济的长远发展十分不利。其三,对税务部门来说,没有税源支撑的虚假数字是假贴金、真吃亏,今年抬高了基数,来年任务会更重,压力会更大。这无异于自套枷锁,永无喘息之机。更为严重的是,这种做法极易导致"转引买卖税款"的行为发生,是诱发贪腐、毁坏干部的导火索。一个地方一旦形成依"任务治税"的习惯,因支出的惯性需求在短期内很难扭转,年复一年就会形成恶性循环。

总之一句话,依"任务治税"要不得。

纳税评估有服务

不少在基层税收征管一线工作的同志对纳税评估的理解很简单，往往只重视它的管理属性而忽视它的服务功能，单纯地认为它就是税务部门为增加税收收入、规避风险而采取的一种管理手段，就是对企业平常缴税的情况评估后，找个理由让他们补税。这样的宣传解释和实务操作往往会激起纳税人的负面情绪，也会使他们认为，税务部门搞纳税评估就是来找事，为了让自己多缴税。于是，做纳税评估工作的同志得不到纳税人的配合，为这项对征纳双方都有益处的工作平添了不少阻力。

国家税务总局修订的《纳税评估管理办法》强调，要把优化服务作为推进纳税评估工作应当遵循的原则之一。如何落实这个要求，如何在纳税评估中体现出服务来，我觉得关键是找准契合点。从纳税人最关注、最担心的问题入手，想纳税人之所想，急纳税人之所难。

纳税人在处理涉税事宜时最关注和最担心的是什么呢？依笔者多年从事基层税收管理工作的实践来看：除了极少数恶意钻税收管理的空子，企图贪占国家便宜的不法分子外，绝大多数纳税人在与税务机关打交道的过程中都是遵法守规的，他们最担心的莫过于遭受意外的税务行政处罚而造成经济和名誉损失。既如此，税务机关何不在促使纳税人依法、准确申报纳税，规避税务风险方面多想想办法，采取些行动呢？

纳税评估有一个很重要的环节，就是税务部门就疑点问题与纳税人进行约谈举证，这既是税务部门追查线索、求证真伪的过程，也是纳税人解疑释惑、矫正过失的机会。税务部门不能居高临下地以管理者和问责者的身份来与纳税人进行谈话和求证，而应切实转换角色、换位思考，利用这个机会拉近与纳税人的心理距离，赢得纳税人的理解、支持与配合。

当前，我国正处于经济结构转型时期，税制改革的步伐不断加快，新的政策规定频繁出台，财务会计制度也在不断完善，纳税人难免会因对有些税收政策和财务核算的理解不同，而在财务处理和纳税申报时出现偏差，造成误申报，导致少缴、漏缴或错缴税款。这种非纳税人主观故意造成的少缴漏缴如不能及时发现和纠正，日积月累就会形成很大的纳税隐患。在这种情况下，税务机关应本着帮助纳税人减轻负担、排除风险的态度，与纳税人共同把疑点产生的根源找出来，把可能产生的后果讲清楚，及时纠正不应有的过失和错误，该调账的调账，该补缴的补缴。这样做，既能让纳税服务在纳税评估中体现出作用来，更能使纳税人有效化解风险，避免以后可能带来的经济和名誉损失，为正常经营、健康发展保驾护航。这难道不是一举两得、真金白银的纳税服务吗？

不该有的罢市

　　过去曾听说过"水霸""路霸""电霸"等,还从来没有听说过"税霸"。这不,前一阵子某市局通报了一个情况,说是有两个市场的个体工商户因税负调整问题罢市了,在商户中间存在"税霸"的说法也传出来了。此事发生后,很多人都感到纳闷,税收不是个人行为,怎么会有"税霸"一说呢?按照《中华人民共和国税收征收管理暂行条例》和有关规定:个体工商业户的税负一般都是每季度调整一次,根据经营情况和季节变化有升有降。往年都是这么进行的,为什么这次突然就罢市了呢?

　　此事在当地造成了一定影响,居民有反映,政府有过问,同时也引起了市税务局的高度重视,于是税务局派出工作组深入商户,调查了解,查找根源。发现某些基层税务所把税款核定工作以所谓"委托代征"的名义让代征机构或个别素质不高的代征人员来实施,产生了"税霸",造成了这次个体户罢市。

　　原来,这两个市场地处城市中心区域,商户较多,而税务管理人员相对不足。于是,税务所便把部分市场的税款以委托代征的形式交给市场所在地的城中村村委会负责代征,并付给一定数额的代征手续费。村里往往会找一些所谓"有名望""有能力"的人去做具体工作,税务所又缺乏对具体代征人员的考察和管理,于是代征人员也是鱼龙混杂,为了得到报酬,个别在市场租房摆摊的当地村里的地痞、混子也混进了代征队伍。

税款核定征收本来是税务机关的工作,它既严肃又讲究程序,不是随意想定多少就定多少的。但这些代征人员可不管那么多,他们借助税收的强制性而胡乱核定,甚至狐假虎威,想收拾谁就收拾谁,把核定行为变成借机整治他人和欺行霸市的利器,还有极个别人加收一些税款中饱私囊,扰乱了市场秩序。商户敢怒不敢言,暗地里把他们称为"税霸",时间一长引起了众怒,罢市就这样被激了起来。

初步弄清情况后,市税务局开展了委托代征情况的检查整改工作,对内部相关责任人进行了严肃处理,并在全系统进行了通报,将严重枉法的代征人员提交有关部门,依法追究其刑事责任。规范了代征行为,市场上的商户恢复了正常经营活动。虽然"罢市"风波平息了,但依然需要进行深度思考。

思考之一:"税霸"决不能再产生。在新中国成立之前漫长的历史长河中,税收的名声一直不怎么好听,它总是和苛捐杂税、压榨盘剥等联系在一起,是引发农民起义的导火索。新中国成立后,税收的本质发生了彻底的改变,显示出社会主义税收"取之于民,用之于民"的属性,它与广大人民群众的长远利益是一致的。只有这样,人民群众才会用依法自觉纳税的实际行动体现拳拳爱国之心,才会积极协税护税。如果因我们自己工作的失误致使"税霸"出现,使人民群众对社会主义税收的本质产生误解,依法纳税的积极性、主动性受到打击,那我们就愧对这身税服了。因此,必须正本清源,彻底铲除"税霸"产生的土壤,维护税收的严肃性,保护群众纳税的积极性、自觉性。

思考之二:必须严格管理队伍,严密工作程序。税务部门承担的是为国收税的神圣使命,行使的是国家权利,要求我们必须有一支高素质的干部队伍,以高度的责任感去对待工作、履行职责。要实现这"两高",必须严格管理干部队伍,提高人员素质。试想,如果不是个别税务人员粗心大意、责任心不强,忽视对代征人员的选择和管理,会产生"税霸"吗?同时,如果严格按规定程序办事,吸收商户及协税护税组织广泛参与,公平公正地核定税负,并做好宣传解释工作,还会有罢市事件的发生吗?党的十四大提出了大力发展社会主义市场经济,以后,市场将会越来越活跃繁荣,经济类型和经营形式会越来越多,法制建设的步伐也会越来越快,这就要求我们必须严格执法、严密程序,每一步都扎扎实实、不出纰漏,才能承担起国家赋予的职责与使命。

1992 年 11 月

一场不期而遇的税企座谈会

这天中午吃过午饭，P县城关镇税务所庞勇新所长正准备午休。忽然，伴随着一阵嘈杂，传来了"砰砰砰"的敲门声。"这是谁呀？大热天的，中午也不让人休息。"庞所长不由得在心里嘀咕了一声。

"开门，开门，庞所长！"门外有人喊道，"我们是市场里的商户，来向您反映点情况。"庞所长打开房门，七八个人呼啦一下闯进来，也不用招呼，有的坐在床上，有的坐在沙发上，还有的干脆直接蹲在墙边。他们都是振兴市场里的商户，其中有两个人庞所长认识，另外几个虽然不是很熟，但好像也在市场里见过。

庞所长给每个人倒了一杯水，和蔼地问道："这个时候来找我，有啥事儿？"一个二十几岁，说话有些口吃的瘦高个男子抢先说道："听、听说我们振兴市场要、要开始征、征税，我们来就是想、想说说这事……"这一开头，其他人也都七嘴八舌地随声附和："对，对，就是来说征税这事的。""现在生意这么难做，你们还要征税，还要不要人干了！""当时说过头三年不缴税，怎么两年不到就变卦了？当官的说话为什么不算数"……

见此情景，庞所长提高了嗓门："不要急，不要急，咱们一个一个慢慢说，你一句我一句说不清楚。"一个矮矮胖胖的，大约有五十岁的光头男子站起来，挥挥手大声说道："咱们来这里不是吵架的，是来反映情况的。大家刚才推举我当代表，那就先听我说，完了你们有什么再补充好不好？"有人回应道："好，陈老板能说会道，就让他代表我们大家来说话吧。"适才乱哄哄的局面安静了下来。定睛一看，原来此人正是在市场入口处经营皮草与服装的摊主陈光标，人称"光头陈"，这两年他经营名牌西服赚了不少钱。庞所长笑着对"光头陈"说："那就请陈代表来先发言吧！"

"我们是无事不登三宝殿。听说税务局要对咱这个市场征税了，就是想问问是不是真有这个事儿。"听了"光头陈"的话，庞所长心里暗自一惊，没想到他们这么快就知道了。再一想，该来的总是要来，兵来将挡，水来土掩，总得想法应对才是。庞所长打定主意，开口说道："哈哈！消息好灵通！不瞒大家，我今天上午刚听说，正寻思着找你们聊聊呢！"

"嘿！征税咱不敢反对，可在咱这里得说道说道！"一听这话，"光头陈"声音提高了八度，"咱这个市场在一九九二年国庆节开业，在开业大会上，王县长亲口说，头三年免除一切税费，到现在满打满算不足两年，这就要征税。王县长的话在咱税务局算不算数，县政府的政策在咱税务局管不管用。如果庞所长你不能答复，我们就去找县税务局，要是税务局也答复不了，我们就去县政府问一问。"

这时一个年轻的声音响亮地说道："全国的税权是统一的，减免税是国务院的权力，县里根本不能制定这样的政策。该恢复征税的一定要恢复，你们就是找到县长也没有用。"住在隔壁的税务所青年干部小刘不知何时走进来插言道。

"哟呵！你们只信国家统一的税收政策,不听县里的土政策。那我问你,这两年你们为啥不按国家政策征税呢?""光头陈"阴阳怪气地反问,令小刘无言以对。人群中有人趁机帮腔:"是呀,既然县里的政策不管用,那这两年你们不征税不是失职吗?""难道你们不征税,是在发善心,对这个市场进行扶贫吗? 现在征税,是不是税务局没钱花了?"这话引来一阵哄笑。

这些年,不少地方都在大力发展个体经济,活跃商品流通,不免把减免税收当成吸引商户入驻的小法宝,所谓"经济要发展,税收要减免;群众要致富,税收要让路"。随意减免税成了家常便饭,统一严肃的税收执法也受到很大冲击。看来,这个问题确实不好回答,硬碰硬不行。

庞所长伸手制止了小刘,对大家哈哈一笑:"大家伙儿说得有道理。当年就是因为免税,大家才来振兴市场做生意,这个市场才有了今天的红火劲儿。我想着也是,王县长说是免三年,咋能说征就征? 这里一定不简单。"

听了庞所长的话,大家顿时议论纷纷。这个说:"还是庞所长明白,跟咱商户一条心。"那个说:"就是,没了咱商户,这两年市场咋能撑起来?"更多的是在大声嚷嚷:"就是嘛! 哪里就差这么一年呢?"

"庞所长,您说这个'不简单'是咋个'不简单'? 听你这话,这税真是要征了?"到底"光头陈"见多识广,听出来庞所长的话外音,也觉得事情不简单了。

"这么大的事儿,咱们税务局也不敢随便定政策呀!"庞所长慢慢讲来。原来，县税务局接到上级通知，要求加强税务征管，清理擅自越权减免税，涉及县政府承诺减免税的13家企业和3个市场，振兴市场也在其中。县局昨天刚刚开会研究过，要按照税法规定，对其全部恢复征税。庞所长正发愁工作怎么开展，没想到他们就主动找上门了。"刚才小刘说得对，这是中央的政策，省里、县里都得执行，咱税务局先给县里汇报过了才这么定的。再说，涉及这么多企业、市场，又不是单对你振兴市场一家，你往县里找，除了碰钉子，能有啥结果？"

"那也不行！王县长说过免三年，说话咋能不算话！要是征税，我们就不干了，看你咋着征，大家伙说说是不是？""是！是！征税咱们就不干了！""光头陈"放出狠话，引得一片附和声。

"老陈呀！话别说那么重。黄河还有九道弯，咱也不能照着南墙撞不是？这税已经免了两年，下一步征税也没要求补呀！咋能说是王县长的话不算话？前几年，政府鼓励大家经商做生意，全国都在税收上开口子，咱县里也不是搞特殊，大家都已经得了好处，现在情况变了，国家税收政策也变了，大家都有钱了，就得缴点税了。收税也得讲公平，咱们振兴市场不征税，东关的胜利市场早就闹意见呢！

"因为征税不开门，咋说我都不信。两年前你老陈是啥光景？看看现在，桑塔纳也开上了，大哥大都拿手里了，一万多块吧？你卖西装一天能挣多少钱？比我工资高得多吧，征税能征你几个钱？大家关门不要紧，我们税务局活照干、工资照发，可你老陈得算算账。"说着，庞所长向"光头陈"扔过去一根烟。

"还有你小黄，"庞所长向着刚才最先发言的瘦高个青年问，

"你的沙发卖得也不错吧？"

"凑合，还、还算凑合。一天卖不了一、一两套。"小黄磕磕巴巴地回答。

"一两套说少了吧。你那沙发少的五六百，多的两三千，挣得也不少？咱们征税你关门不？"

"嗯、嗯……"小黄支支吾吾答不出话。庞所长"各个击破"奏了效。

"那不行，就是征税咱也不缴！""光头陈"还是不甘心。

"哎呀老陈！全国都在清理擅自减免税，你非得给我出这难题干啥？这几年你也不是不知道，税务管理越来越严格，那聚众抗税的事儿你也敢干？到时候不光税务局找你，搞大了公安还找你嘞！你觉得你三弟在公安局真能扛得住？要真是把你弄进去，你那店不关也得关了。咱们街头街尾、乡里乡亲，净是不好看。"

庞所长给自己点了根烟，接着说："这两年大家跑生意都很辛苦，我天天在这儿溜达也知道。可也得想想，县里不光免了税，还给咱修了路、安了电、通了水，没有政府咱自己干得了？这几年县里盖学校、修黄河，都是给大家干好事，哪里不花钱？大家挣了钱缴点儿税，给国家做点儿贡献有啥不应该？"

听到庞所长的话，大家谁也不说话。

"庞所长你说的也在理，咱也不再说啥了。可是征税征多少，俺大家心里得有个谱。现在生意不好做，房租一天也得三十块，征税多了咱们不挣钱，那可真是得关门了。"

"好！这话问得好。征多少我现在答不上来，不过咱们有政策、有程序，也不是我一个人说了算。县里肯定有统一安排，咱们得安排人上门调查调查,看看大家一个月能卖多少钱,还得大家伙相互评议评议,然后再按照税率算算税,每家每户定多少都公开,咱税务所不搞暗箱操作。一会儿我就到县局,把咱们的情况说一说。大家放心,咱市场一定不比别家缴得多,在税上一定不让大家吃亏,好不好?"听到庞所长得话,大家开始放松下来。"这样还行吧。也只有这样了……"一些人小声嘀咕着。

庞所长突然想起一回事:"老李!老嫂子开那个小烟酒门市门头不大,一个月应该卖不了 5000 块。咱们国家政策照顾小商户,按规定,达不到起征点就不用缴税了,不过你可得配合我们调查,配合我们管理啊!要不然我可不答应!"老李没想到还有这么个政策,顿时喜出望外,忙不迭地说:"那是!那是!"

"还有,北头的顾大爷,瘸着腿给人修自行车,残疾人搞点儿修理修配,国家也是免税的。大家同意不同意?"庞所长说。

"顾老头不容易,人家免税没说的!"

听了大家的话,庞所长提高了嗓门:"老陈呀!看看大家还有啥事?要没事你就和大家回去吧!看生意多忙,还在这儿耽搁时间,还是怪我们工作没做好,向大家道个歉!"

"不敢!不敢!耽误庞所长休息了,这就走!这就走!"

看着他们的离开税务所,小刘回过头,冲着庞所长竖起大拇指:"您真行!啥时候我也会这手就好了。""这对你们大学生还是事儿?时间长了自然会……"

庞所长低头看看表,两点半了,他得抓紧到局里去汇报一下。看来恢复征税的事儿还得好好做做商户的工作。

人生百态

也是"慎独"

韩国三星电子公司在商丘设立了一家企业,为其生产手机配件。一天,公司总部派来一位姓朴的财务助理,了解所得税"三减两免"优惠政策到期后的有关税收管理问题。解答后已到午饭时间,我们邀请他共进午餐。朴助理汉语不很流利,席间听得多说得少。

我建议喝点儿白酒活跃气氛,他却只是端起酒杯闻了闻,随即又放下了。我以为他嫌酒的味道不好,便问道:"不对你的口味吗?"他说:"不是的。在韩国开车不允许喝酒,醉酒开车可是要判刑的。我从厂里开车过来的,一会儿还要开回去,不能喝酒的。"市里领导曾讲过因过分热情劝酒吓跑外来投资者的事例,我们也不想强人所难,况且我自己也不怎么喜欢喝酒,不喝就不喝吧。已经打开的白酒又盖上了。

我问他为什么不让厂里派个司机,难道不担心道路不熟,找不到地方?他说:"公司要节省成本,降低人力负担,规定管理人员外出办事都要自己开车,找不到地方可以停下来问一问。在大城市,可以乘坐公共交通工具,那样更方便些。"

我不知道三星公司企业文化的核心内涵,但它之所以能发展成这么大的跨国公司,恐怕与其详尽细致的规范和严格自律的员工密不可分。

中国有一个词叫"慎独",它出自《礼记》,意思是说:在独处无人注意时,也要做到表里如一,不自欺欺人。朴助理的言行不正是对"慎独"的最好注解吗?可反观我们自己,却正与儒家文化这种修身养性的要求渐行渐远,这究竟是为什么呢?

我为柴静点个赞

　　柴静是中央电视台的著名记者,前些年辞职了。辞职后,她自费投资约一百万元,拍摄了一部反映中国环境状况的纪录片《柴静雾霾调查:穹顶之下》。她以自己和女儿的身体状况为切入点,通过一个个访谈和调查,用朴实无华的语言和独特的视角讲述了我国雾霾产生的根源及治理的艰难。这个片子和以往有些专题片不同,没有故弄玄虚,没有复杂深奥的理论和艰涩难懂的公式,而是运用大量数据、图片和影像,警示官方和普通民众:污染形势异常严峻,产业转型迫在眉睫,污染治理刻不容缓。

　　该片在 2015 年 2 月陆续出现在各大网站,犹如一石激起千层浪,迅速成为网络舆论的焦点。我看过两遍之后感触颇深,觉得柴静作为一个自由媒体人,能投巨资拍摄这个片子,说明她不是一个只知道"唱赞歌抬轿子"的媒体人,而是有着强烈的爱国心和责任心的人。她说出了很多官方媒体和普通大众想说但没有说出的话,或者说没有说透彻的话。把柴静誉为向日益恶劣的环境挑战,向某些不作为的部门和为利益而肆意糟蹋环境的人挑战的英雄一点儿也不为过。

　　我又浏览了网络上的一些评论,想更多地了解广大网民的观点。发言者中有学者,有官员,也有类似愤青的网民,大部分人对影片是支持和肯定的,认为它直击了当前中国管理体制的软肋,揭示了不协调、不科学发展带来的巨大代价,认为其意义非凡。环保部长陈吉宁将柴静的纪录片与二十世纪六十年代美国的一个环保界领袖人物卡森夫人的作品《寂静的春天》相媲美。

当然,世界上没有完美的事物,柴静的这部片子也不是十全十美、完全正确的。但瑕不掩瑜,如要批评也应该站在文艺的角度,而不应恣意漫骂,进行人身攻击。可是这两天,围绕这部片子,网上却出现了不少这种现象。有的说柴静是为出名而哗众取宠;有的拿人家女儿说事,说人家卖国;还有一些所谓的专家学者借讨论雾霾成因之名而否定柴静这个片子的整体出发点和落脚点,如此等等,奇谈百出,怪论万种。我真不知道这些人都是怎么想的,是不是纪录片揭露的那些利益集团雇用的"水军"在说话?是不是他们就没有生活在这个"穹顶"之下?不过不用理会他们,反正在中国,只要你是公众人物,无论你说什么都有人不知出于什么目的而反驳或攻击你。这可能也是网络时代的一个特点吧,不用在意,他们充其量也只是"几个苍蝇碰壁嗡嗡叫"罢了。

我不懂文艺,也不是环保界专业人士,只是作为一个关心环境的普通网民,对《穹顶之下》关于雾霾形成的原因补充一点自己的看法。《穹顶之下》认为眼下雾霾严重的现实是以煤炭为主要燃料的不合理的产业结构造成的,这似乎只是大气污染的直接原因。我觉得除了把现阶段我国雾霾严重的原因归结为燃料不清洁外,还有更重要的两点不容忽视,即资本的逐利特性和逐级扭曲的 GDP(国内生产总值)考核机制。早在一百多年前,马克思就在《资本论》中对资本的逐利特性做过深刻的描述。资本既然"敢于践踏一切人间法律",它才不管你污染不污染、雾霾不雾霾呢,因此六十年前就出现过"雾都伦敦"。本来我们是社会主义国家,完全可以避开这种"先污染后治理"的发展模式,但由于逐级扭曲的 GDP 考核机制具有强大的诱导性,部分官员为了经济增长不顾环境,为了政绩不讲代价,致使有些发达资本主义国家早已有过的严重污染的历史如今在中国重演。

总之,我希望传媒界多一些柴静式的人物,在环保这类涉及全民生存与福祉的问题上,敢于直面现实,敢于说话,敢于监督,敢于担当。官员们应切实做好服务民生工作,做到执政为民,普通百姓应自觉保护环境。上下齐心,各界协力,早日得到一个碧水蓝天的秀美环境。

抱怨不如实干

毛主席在《反对自由主义》一文中,批评了那种"大事做不来,小事又不做"的行为。在现代社会中,有些年轻人好高骛远、眼高手低,看不起琐碎的工作,不愿做细小的事情,终日碌碌无为,失去了很多机会,反倒抱怨运气不好、命不如人。这就不仅是自由主义,更是贻误自己了。一旦认识到这一点,就是改变命运的开始,即使干不成大事业,只要勤勤恳恳,不计名利得失,也会受人尊重。

王同生是我儿时的玩伴,早我一年高中毕业。按那时的政策,城市青年毕业后,也要上山下乡去接受贫下中农再教育,我们这些农村学生回农村劳动更是没啥话说。王同生却很不甘心,时常抱怨面朝黄土背朝天的农村生活既枯燥无味又吃苦受累,一心想脱离农村。先是想参军,却连续两年因视力不达标卡了壳;想进城当工人,哪怕是计划外合同工,可他爸妈都是老实巴交的农民,他没有顶替接班的机会,于是整天托关系找门路。功夫不负有心人,还真让他找着了一位远房表舅,表舅是针织内衣厂的厂长。经过一番软磨硬泡,王同生终于到厂里当了一名长期临时工,做仓库保管员兼材料进出时的装卸工,因为针织厂里女职工占多数。

虽然只是个临时工且户口也还留在原籍，但总算离开农村进了城市。头两年，他对工作环境和人际关系都觉得新鲜，工作起来倒也认真负责，精神头十足。但时间一长，新鲜劲儿一过，爱抱怨的个性就表露出来了。

有一年暑假，我到厂里去看他，他一见我就说："你看你多顺利，毕业后就当了国家干部，工作也轻松，我这算什么。"我说命运不同机遇不同，只要好好干，在哪里都能出成绩。他却颇不以为然："能出什么成绩，我辛辛苦苦一个月才三十几块，回村里买工分用去十五块钱，再扣掉伙食费，几乎剩不下钱，买件像样的衣服都得省吃俭用好几个月。我这算什么工人，这种鬼生活也不知什么时候是个头。"听他又开始抱怨，我说："要不是去年考上学，我不还是个农村孩子？比你差远了！你有关系，有办法，弄到现在这样，好多人都羡慕你呢，有什么好抱怨的？"岔开题扯了会儿别的，他又开始抱怨，不是说住的地方不好，宿舍人多睡不好觉，就是说自己是临时工，总是受欺负等等，好像世界上的倒霉事全被他碰上了，最后来了一句"我迟早得离开这个鬼地方"。

再次见面已是十年之后了。他出差，顺便到单位来看我，他完全像变了个人，虽然只有三十来岁，却显得非常成熟，一口京腔，很是风流偶傥，他的同伴称他"王总"，如今他已是身价千万的富商。中午饭桌上，大家不免说起各自的状况，他带着二两酒劲，红着脸，滔滔不绝、颇有感慨地聊起了自己的奋斗史。他表舅临退休前专门和他谈了话，意味深长地告诉他："只有做好每一件小事才能干成大事，好高骛远、满腹牢骚的人一辈子难有什么出息。"这次谈话感动了他,也深深刺激了他,他不愿意让表舅失望,不愿意一辈子没有出息。从此以后,他彻底改掉了爱发牢骚的毛病,开始认真对待自己的工作,勤勤恳恳地做好每一件事,把仓库和各种材料整理得井井有条,很快同事们都对他刮目相看,都说他聪明能干、吃苦耐劳。后来他又自费上了"函大",学了经济管理专业,与继任厂长的女儿一同学习而受到她的青睐,两人最终结为了夫妻。八十年代末,在中小企业第一轮承包潮中,他和继任厂长一起承包下了针织内衣厂,辛辛苦苦打拼三年多,在市场站稳了脚跟,逐步发展到现在。

听了他的介绍,我不禁感慨万千。抱怨解决不了任何问题,有些是命运的安排,由不得选择,只有认识到自己的缺陷和长处,不断改变自己、超越自己,脚踏实地从眼前的小事做起,才能爆发无尽的能量。即使处在非常艰难的处境,也能实现自己的人生价值。

管回闲事

正是初冬季节,下午六点多钟天还没有完全黑下来,我从家里出来,开始每天例行的散步。刚刚下了点小雪,路面还有点儿湿滑,加之大部分人可能还在家吃饭,街上的行人稀稀落落的。我在人行道上漫不经心地向前走着,没多久就目击了一场活生生的闹剧。

事情是这样的,一辆出租车在人行道上倒车,大概没看见车后边有三个年轻人站着说话,出租车慢慢地靠向最边上的一个小个子青年。他分明已经看到了出租车的走向,顺势后退两步或者往旁边闪一下也就躲过去了,可他一边甩着小分头,一边不停地嘟囔:"看你敢往我身上倒!看你敢往我身上倒!"他的两个同伴也没有推开他或是提醒他躲开,反而异口同声地叫着:"哇,好!好!别动!别动!"

终于,出租车碰到了小个子,"哧"的一声刹车响,车随即停了下来。小个子"哎哟"一声,本来正面朝向车子的他一扭身转过脸趴倒在地,还不忘掌心朝下撑起身子挪动着往车底钻了钻。这一切发生的瞬间,我正走到距现场三四米远的地方,全部过程尽收眼底,就连小个子和他同伴的叫喊声也全都听得清清楚楚。我不由得停下了脚步，等着瞧吧，有故事了。

　　"撞人啦！撞人啦！你把人撞趴下啦！快下车，快下车！"小个子的两个同伴一边朝着出租车大声嚷嚷，一边冲到前边拉开车门，把司机一把给拽了出来。司机是位妇女，面对这突发的情景倒也显得镇定，她边走向车尾部，边用力甩开抓着她胳膊的两只手，还一边大声喊道："松开手！根本没碰到人！你们想干什么？"不知是下意识的反应还是有点儿难为情，或是忍受不了地上的湿冷，小个子犹豫着抬起身子，好像要从车底爬出来。如果到此为止，双方各走各的，闹剧或许就终止了。

　　此时，不可思议的一幕发生了。小个子的一个光头同伴急得马上朝小个子吼道："趴下！快趴下！你小子不知道疼吗？还不趴下等救护车……"小个子好像领悟到了什么，迅速趴了回去，又开始"哎哟"起来，叫声不断，显得很痛苦。

　　女司机不干了，她大声喊道："又没什么事，干啥趴在底下？起来了又趴下去！你们是一群碰瓷的？你们想讹我不是？"光头男毫不示弱，满口粗话，骂道："你他妈说谁是碰瓷的？撞到人你还有理了，老子要不是看你是个女的，早他妈收拾你啦！"接着又对另一同伴嚷道："快！快！打电话报警，打120叫救护车！"

　　看到此，我想不出这到底算一场什么事件，说是"碰瓷"倒也不像，因为发生得太突然了，不可能是预谋好的，况且出租车确实撞在了人身上，尽管看来撞得没有多重。是交通事故？可那个小个子明明能躲开为什么故意被撞呢？为什么能起来却又趴下了呢？这些都不是我这个路人能管得了的，我想我不能再在这里待下去了。他们既然已经报警了，警察肯定会来处理的，我不想再看这个热闹。正要抬腿离去,不料那女司机上前一把拉住我,恳求道:"师傅,求您先别走!我没把他碰倒,是他自己趴在地上的,这您都看见啦!一会儿警察来处理时您给做个证!"还没等我开口,那光头男就接口道:"也好,人家这个师傅从头开始一切都看到了,你有没有撞到人他看得最清楚,留下来做个证也好。"双方都想叫我当证人,我与他们任何一个人都不认识,也不想卷入这种事。但事已至此,我走也不是,留也不是。

警察还没有来到,周围已围拢了不少人。有的去看躺在地上的小个子,更多的人一边看热闹一边议论纷纷,还有的提醒女司机向保险公司报案。对呀!向保险公司报案呀!女司机为什么到现在还不向保险公司打电话报案呢?

我刚向女司机询问这个事,她就把我拉到一边轻声说:"师傅您不知道,不是我不报保险。前天我的保险刚到期,昨天又出了趟长途,还没有来得及续保,今天就碰上个这事,您说我倒霉不倒霉?"我明白了:"那就是说保险公司不负责赔偿,处理这个事儿你得自己掏钱了。"

她说:"是的,如果警察认定责任在我,赔付金、治疗费,还有误工损失等都得我出。我如果真的撞伤他了,我愿意赔偿损失,而实际情况是他们在讹诈我。您说我冤不冤?"她咬定对方是在讹诈她,不等我回话,就又继续央求道,"就只有您在旁边看到了,只有您能帮我说句公道话,真求求您了!"

一个围观者说:"有监控录像,你怕什么?"女司机回应:"我早就注意到了,这里是监控盲区,摄像头照不到这里来。"她说的是事实,我向路口看了看,安装在百米开外路中间的摄像头被路边上的一块很大的广告牌遮挡得严严实实。

到底该不该做证？虽然知道我作为公民有做证的义务，但从内心讲，我还是不想陷入这种无端的是非纠纷中。突然想起小个子刚才从地上爬起又被光头男骂着趴回去的一幕，又想起倒车时车速确实很慢，想必没有造成什么伤害，与其当证人，倒不如当个临时调解人来管管这个闲事。自己与双方都没有任何瓜葛，不带任何成见，能做一点维护正义、化解矛盾的事不是也很有意义吗？即使管不下来又有什么关系？反正最后还有交警呢！

于是，我来到光头男身边对他说："你不是叫我做证吗？那一会儿警察来问我话时，我就得实话实说。"光头男瞪眼看着我没有接话。我又说："我看你们俩肯定不是碰瓷的，倒像是一直都在闹着玩的，我不知道这有什么好玩的。出租车是不小心撞着人了，但真有那么严重吗？地下趴着的那位最清楚，你应该也很清楚。还报了警叫了救护车，好像要故意引起轰动，看人家出租车司机笑话似的。""严不严重我也不知道，交警到现场看过后就清楚了！"光头男显得有些心虚，但还在狡辩。

"不对，严不严重是要到医院检查鉴定后才能知道。"我加重了语气说道，"我来帮你分析一下可能的后果吧。交警来了以后，如果你们双方还纠缠不休，就会到医院去鉴定伤情。如果需要住院治疗咱不说，要是没有伤或伤情不重，无非你们双方直接走人。你们不仅得不到半毛钱的好处，还白白浪费不少时间和精力。如果根本没受什么伤，你却让他一直在又湿又冷的地上趴着不是没有任何意义吗？"这几句话可能打中了他们的要害，光头男和他的同伴表情开始有点儿不自然起来。

　　有不少围观者随声附和:"对! 说得好! 就是要好好教训他们这种人!""他们这叫既出洋相又活受罪!""都别管他,看他们如何表演。"看到大伙都支持,我不禁信心倍增,继续对那几个人说道:"再说说出租车司机吧,人家不仅需要花冤枉钱,还要费时间和精力去陪你们处理这些事情,车子被扣了还不能跑车挣钱。你们双方不论是钱还是时间都白白浪费了,没有一个得便宜,你们说是不是?"光头男和他的同伴无言以对,显得十分尴尬。

　　旁边也有人说:"没事赶紧起来走吧,别趴在那里受罪啦!"也有人谴责他们:"瞎闹腾什么呀你们! 地下又湿又冷不怕冻病吗?一点好处也没有!"

　　我又对女司机说:"看样子也没怎么伤着人,但毕竟碰着人家了,求我做证不如去向人家道个歉、说说好话。"女司机连连点头称是。

　　还在地上趴着的小个子听到这番对话和大家的议论,看到女司机向他走去,就慢吞吞地从车底钻了出来,拍了拍身上的泥土,走到同伴身边,三人嘟嘟囔囔说了两句什么,在众人一片"散伙吧,散伙吧"的规劝声中离开了。

　　一场乱哄哄的闹剧在警车和救护车到来之前就消匿于无形之中了。

富人等于绅士？

中国的富人，特别是在改革开放以后，靠钻国家政策空子暴富的人中，有一部分特别喜欢炫富摆阔，吃、穿、用全要豪华、名牌，甚至把财富挥霍浪费掉也不愿意拿出一些来回馈社会。他们对处于社会底层的穷苦人毫不关心，对慈善事业不感兴趣，但他们的口气都很大，自恃高人一等，有的还敢自我标榜为"现代绅士"。其实，他们的行为方式活脱脱就是暴发户的做派，与西方上流社会的绅士毫不沾边。

我在 S 市工作时，由于工作关系，与一位老乡时有接触。他买卖做得比较大，在当地是数一数二的名人富人，他缴的税多，对地方财政贡献比较大，与上层关系好，于是就得了个政协副主席的头衔，算是亦官亦商了。实际上，他对政协的事基本不过问，只是有会议时去开开，平时都在他自己的公司里。此公虽文化水平不高，但挣钱能力不弱，似乎很有经商的天赋，据说资产在亿元以上。就是为人处世一点不低调，特别是挂上县政协副主席的头衔后，好像政商两界没有他真正服气的人了，什么都爱攀比。戴的手表是欧米茄的，两部汽车全都是进口的，请人吃饭时非鲍鱼辽参馆不去，消费动辄几千元。据说他新盖的房子是 S 市最大的，还带一个近千平方米的院落,院内车库、游泳池、小花园等一应俱全。经济上如此富足的人,慈善心却明显不足,他对当地举办的捐资助学、赈灾、扶贫济困等活动甚为吝啬,每次捐款都不超过一万元。由于他姓管,所以当地老百姓送他一个绰号叫"管一万",当然没人当面这样叫他。

有一次,在S市工作的老乡聚会,餐后时间尚早,他就邀请我们去他的住处喝茶聊天。"怎么样,我这够得上小康标准不?"他随口问道。

我说:"你这何止是小康,简直就是奢靡了。你是'红顶商人',在这座城市,又有几个人比得上你?"

"好是好,不过我劝你,虽然你是不缺钱,但做人还是不要太张扬,对自己没什么好处。小心逮住你犯法把柄后,判你个十年八年的。"一位在法院工作的同乡刺激他,他们两人经常以开玩笑的方式互相贬损。

他大大咧咧地回答说:"我怕什么,一不偷二不抢三不行贿受贿。我的钱财全部正当合法,心有多高舞台就有多大,我靠做买卖挣钱有什么好怕的?"

"好一个心有多高舞台就有多大,你知不知道你商界的同行和当地的老百姓在背后是怎么议论你的?"在法院工作的同乡继续抢白他。

"他们怎么说?"他显得很感兴趣。

"说你是暴发户,是土豪。"另一个在当地武警支队任职的同乡抢先打趣,说完随即哈哈大笑。"土豪?不就是过去常说的土豪劣绅吗?不就是绅士吗?绅士有什么不好的?"他喃喃自语着,竟显得有些迷茫。

我不禁哑然，就像把奢华当品位一样，原来他把土豪与绅士画等号了。我虽然没有去过英国，也不知道绅士长什么样子，但我读过《20世纪文学作品中的英国绅士形象》，后来也看过一些传说中绅士写的传记类的东西，对"绅士"多少有点认识。在我的印象里，绅士应该具有高贵的品格、谦逊的心态，不管财产是否丰厚，但为人处世低调而不张扬，有良好的教养，从不粗野低俗，更不会把奢华当品位。总觉得绅士跟我眼前这位富有的老乡怎么也对不上号。

不过，玩笑开到此时，为了面子，大家便不再谈论这个话题，开始品味他的茶了。

离开S市多年后，我听说当年的那位富人老乡，后来因一桩官司被当地公安部门带走审查了好几个月。虽因证据不足没有被判罪，但在羁押审查期间，他精神几近崩溃，从此他的生意也一落千丈，再也没有当年财大气粗的豪气了，想来也就更不具有绅士风度了吧。

富不过三代?

一位朋友是个大老板,做肠衣加工出口生意,公司规模还不小,最近却因为欧洲经济下滑、市场严重萎缩而倒闭了。但这是个家族企业,朋友又是第二代,于是很多人都联想到富豪家族的延续传承,感慨"富不过三代"。事有凑巧,一个著名歌唱家的儿子因犯罪被抓起来后,朋友的父亲也曾与人闲谈:"歌唱家名声显赫,却养了个纨绔公子,终究是富不过三代。"又一个"富不过三代",让人听来哑然失笑。

"富不过三代"不知出现在何年何月,又不知出自何人之口,却已被当作兴衰成败的规律而广为流传,每逢富豪家族遭遇重大挫折而败落,便增添了新的例证,但在我看来也并非普遍适用,美国的肯尼迪家族、福特家族、洛克菲勒家族等特大富豪家族,有哪一家是在三代之内衰落的? 在日本,也有不少家族企业从明治维新一直延续到现代仍然兴旺发达。也许有人会说它只适合中国,其实也并非如此。中国的封建专制历史长达两千多年,要说富有,最富有的莫过于帝王家,汉、唐、明、清等王朝不都是延续了几百年,传承了十几代吗? 虽然那是小农经济时代,是靠强权聚集的财富,但其统治能超过三代而不被频繁爆发的农民起义所推翻也是不争的事实。从近期来看,我国改革开放毕竟还不到四十年,推行市场经济也就二十来年,富豪家族或企业根本还没有轮到第三代人来掌控,这句话就更无法验证了。

　　梳理一下世界知名富豪家族企业的发展史,能传承数代、持续发展主要靠两个条件:政局稳定和重视教育。二者缺一不可。企业和家族都是国家的细胞,国家政局不稳,战乱频仍,连人的生命安全都无法保证,又哪来的富豪家族和企业,更谈不上传承几代了,这是很重要的外在基础。重视教育才能英才辈出,才能吸引更多的优秀人才,为家族兴旺、企业发展和财富传承提供人才保证,这是"富过三代"的内在源泉和力量。

找　熟　人

中国是个"熟人社会"，人们办什么事情都喜欢找熟人。特别是在一些中小城市，有些人很怕吃亏，即使买件衣服这样的小事也要找找熟人，总认为只有熟人出面才可以放心，商家才不会坑害自己。其实完全没有必要，熟人关系再硬，商家也不会亏本卖给你，除非是处理压仓尾货。有句俗话叫"巧买哄不了拙卖"，有些商户很会忽悠，标签上的价格高得离谱，似乎是漫天要价，就等着你"落地还钱"。在信息不对等，你既不了解进价又不清楚出售折让价的情况下，看起来找熟人出面压低了一大截价格，实际上你并没有享受什么优惠。

由于工作原因，我负责管理某个区域的商户，虽然不直接与他们打交道，但许多同事都与他们很熟悉，于是我也不得不帮助熟人或朋友购过几次物，但从来没有觉得在价格上占到多少便宜，反倒欠下不少人情。因此，我自己买东西从来不找熟人，大到汽车住房，小到服装家电，都是直接和商户谈价。购买昂贵一点的物品，也都要跑上个两三趟，了解行情、货比三家之后才确定如何选择，大多数情况下比找熟人还要实惠些。

去年我搬了新居，想买一套好一点的楠木沙发，却对市场行

137

情一无所知。我到了一个家具市场，先进到一家较有名气的店，一样一样地看，也不问价。售货员很热情，跑过来问我想买哪种款式、什么材质，我说都看看，哪种牌子质优价廉我就要哪种。然后她就一一介绍起来，这款是什么材质，那款是什么地方出产的，现在市场上流行什么等，说得很详细。从这家店出来，我又连续进了三四家，每到一家都是如法炮制含糊回答，让店家知道我想买，但又不急于确定。就这样，一个小时之内，我就基本了解了这类家具的市场价格及流行款式。

一周后我再次来到家具市场。这次是先谈价格，就同一材质和款式的沙发跟几家店都分别谈谈，听听他们所能给的优惠，于是，这类沙发的市场真实售价也就摸得差不多了。然后再折回头，来到预先已经看好的那家店，对售货员说："这个款式的沙发我已看过好几家，如果你能给个实价，我马上就定下来，如果价钱不合适我就走。"售货员听我这样说，自己不敢做主，但又害怕失去我这个顾客，就打电话把老板叫了过来。

说明情况后，老板看我真心想买，就说："这款沙发现在对外卖两万八千元一套，既然你已来了两三趟，看来还是真想要的，我让三千，你出两万五吧，你看这样行不？"我说："不行，你得再降两千，两万三千元，你愿意卖就派人送货，否则我立马就走。"一番讨价还价后仍然无果。老板不甘心地打开抽屉，拿出进货单看了一下进价，思忖一会儿，才像下了很大决心似的对我说了两个字："成交！"随后又说："已经到了最底价了！这款沙发我们已卖出好几套，熟人来买也没有给过今天的价格，你千万不要把这个价说给别人。"我含糊应承着，同时又以为老板这样说不过是故弄玄虚罢了,卖给别人的也不会高出卖给我的价格。

后来,我到一个朋友家里去做客,发现他家的沙发和我半年前买的楠木沙发一模一样。一问才知道,我们恰巧是在同一个家具店买的,购买时间也差不了几天。听我说当时花了两万三还没找熟人,他不由愣在那里。原来,他怕购买这大件物品花冤枉钱,托着一个在区工商局当副局长、管着这个家具店的亲戚说情,才从两万八压到了两万四千五,比我还多花了一千五百元。他嘟囔着:"怎么会这样,我费劲托熟人,到头来竟然花钱更多?"我调侃地说:"现在不是流行'杀熟'吗?让你碰到了吧。"

朋友的妻子听到了,从里屋跑出来说:"明天我就去问店老板,怎么这么不实在!"我说:"难道要叫人家退钱吗?"她有些激动地说:"退钱不退钱再说,我要当众戳穿他们的这种欺诈行为……"朋友打断了她的话,抢白道:"你激动什么呀?当初我对你说咱直接去,可你觉得表弟有权,又在那里管着人家,非要利用一下这个关系,现在没得便宜又后悔啦?"他顿了顿,继续说道,"再说,价格标示牌就在那里明摆着,自愿买卖,公平交易,给咱的价格又大大低于标价,怎么就成了欺诈啦?至于别人买到的价格更低,说明别人更懂得商业谈判的艺术,这才是一种正常的交易行为。你只相信熟人,别说没有得到优惠,即使真的吃了点儿亏,你也只能认了。"一番话让朋友的妻子哑口无言。

是的,朋友的话道出了市场交易应遵循的基本规则。可为什么还是有很多人不相信规则,而只相信熟人,致使社会上的明规遭到破坏,潜规则盛行呢?我觉得是人与人之间缺少了信任,社会才产生了诚信危机吧。

惯出来的逻辑

二十世纪六十年代后期,张氏流落到河口村,住在村头打麦场的一间空房子里,还带着病恹恹的残疾儿子。据说是丈夫打派仗打死了人,长期流窜在外,他们母子俩怕人寻仇才逃出来的。张氏戒备心很重,与人交流不多,说话又比较刻薄,村里人不大喜欢她,但仍对她多有同情,毕竟她遭遇了不幸。

后来她的残疾儿子又死了,张氏成了孤寡老婆子。村干部说,社会主义不能饿死人,于是把她定为"五保户",由村集体供养起来。其实集体也不富裕,分到好多家的口粮并不充足,张氏也只能按平均数领取口粮,冬春接济不上也是常有的。她又不像本村农户,有点儿自留地可作补充,连买点油盐酱醋的零花钱也不够。

张氏有一家邻居,女主人在家务农,男主人在外地教书,每月都有固定收入,家里小孩多口粮也多,还是够吃的,在村里还算不错。女主人心肠好,经常照顾她,每每看到她缺粮,就会送去一些米面,过年过节还给她两块钱。

1971 年除夕中午,张氏来问女主人:"往年春节你都给我钱,今年都年三十了,还不见你动静,让我怎么过年呢?"其实她不知道,邻居男主人被当作"五一六分子"受到了审查,下放原籍当教师,问题没弄清楚,工资已经停发大半年了,人家哪还有闲钱资助她。

女主人不想让外人知道这个变故,便找个借口说:"前几天有个亲戚来借钱,恰巧我手头又没有,就顺手把原本准备给你的那两块钱借出去啦。"

张氏一听就火了,大声嚷嚷道:"什么?你把我的钱借给别人了?我还指望那两块钱买东西过年呢!你倒好,你当好人,叫我过不好年,你怎么能这样对待我一个孤寡老婆子呢?"

本来只是施舍,现在却成了不给不行的义务了!女主人听她这样说话,顿时心生反感,不耐烦地说:"你是五保户,过年有困难可以找生产队长去说,我也帮不了你很多呀。"

"找队长?队长要是那么好说话,我还用问你要钱吗?要知道是你今年缺了我两块钱而不是队长,要找队长也得你去找哇。"张氏胡搅蛮缠说道。

邻居一家人本来就不擅口舌,施舍变成了义务也百口难辩。倒是其他邻居听到这里吵嚷,纷纷过来劝慰女主人,有的邻居就不客气了:"这真是把好心当成驴肝肺,不识好歹!"张氏看到没人支持自己,停了言语怏怏而回,自此再没有上门讨要。倒是邻居大度,后来还不断地送些用品过去。

当你把别人的恩惠当成理所应当,不知感恩反而抱怨人家给予的好处不够时,其结局也只能是这样啦。

热心何招怨？

老金总是笑眯眯,腆着个大肚子,是个十分热心人,他人缘特别好,周围邻居有个大事小情都喜欢找他帮忙,我们也喜欢在一起下棋打牌,搞些娱乐活动。前两天,我却发现老金忽然像秋后的茄子一样耷拉着脸,无精打采的,说是为一件事闹心,几天都没有好好睡觉了。

原来老金有一个发小老胡,俩人是一块当过兵的战友。老胡转业后回老家县城工作了,和老金关系一直非常好。老胡的儿子小涛高中毕业没考上大学,在市里打工,老胡曾专程带着他拜访过老金,要他帮忙照顾。老金满口答应:"好说好说,小涛以后有啥事就来找我,凭我在社会上的关系,给他找个打工的事还不成问题,即使吃住都在我家也没什么。"

这老金还真是热心,把小涛当成亲儿子一样看待,隔上一两个月就会把小涛叫到家里来吃顿饭,询问工作生活情况。可是每当问及具体工作及工资时,这孩子总是闪烁其词,只说在附近一个大型公共项目建设工地上开塔吊,其他的便不肯再细说。事后老伴总是要埋怨老金一通,嫌他管事太多瞎操心。老金总是说:"二十来岁的小伙子,一个人在外讨生活,学好不容易,学起坏来却很快。谁让他是我战友的儿子,不得不多操心哪。"

中秋节到了,老金又叫小涛到家里吃饭,可小涛手机一直关机。老金想也许是手机没电啦,也许是小涛回家过节不愿意别人打扰,可节后几天了,再打电话还是关机。老金不放心,下了班骑上自行车到工地去,得知小涛可能是嫌工钱少,半个月前就离开了,去了哪里也不清楚。老金心里很不是滋味,这孩子怎么回事,人走了连个招呼也不打,还关了手机。

老金回到家就给老胡打电话告知情况。老胡一听就有点着急,说小涛没有回家,自己明天一早就坐火车过去,还恳求老金多想想办法找到他:"我就这一个儿子,如果真有点什么事,我老婆非气死不可!"老金只得安慰他:"别急别急,他一个大小伙子,能出什么事。"

第二天上午,老金在火车站接到老胡,慢慢地告诉他说,警察打来电话,小涛出了点事情,好像吸毒被抓了,要他们现在就过去。老胡开始似乎没听明白,过了一会儿才反应过来,茫然愣在那里回不过神,随后就又气又恼地跺跺脚就要回去:"这孩子真作死! 不管他了,愿死哪儿就死哪儿去吧。"老金赶紧拉住他:"事情已经发生了,急也没用。先到分局看看情况再说吧。"来到公安分局,得知小涛和几个青年男女吸毒被抓了,近几天还不能出来。老金说:"小涛这孩子并不坏,是受到诱惑才做了荒唐事。年轻人哪有不犯错的,出来后他仍然是个好孩子。"老胡也平静了下来,叹口气说道:"事已至此,只好听天由命了。"于是坐火车回老家去了。

老金觉得老胡心情不好,肯定不愿意别人打扰他,也就没有再和他联系,自己倒是不断通过熟人请求多照顾小涛。半个月后,一个警察朋友打来电话,说小涛拘留期满,已被接回家了。老金就有点儿纳闷:老胡接孩子,没来家里,也不告诉一声?他觉得该给老胡打个电话问问情况,不料老胡冷冷地质问道:"小涛的事你都给咱们哪个战友说了?"老金一头雾水:"怎么啦,谁也没有说过呀!""谁也没有说过?那这事儿怎么在战友中间传开了,弄得很多人都知道了,让孩子以后还怎么做人?真想不到你是这样的人,还战友呢!"老胡不等老金回话就挂了电话,隔了好一会儿,老金才回过神来,再把电话拨回去,对方却已经关了机。

老金对我说:"怎么也想不明白,一片好心成了驴肝肺。抛开对小涛关心不说,这事真不是我传出去的,可老胡非要认定是我,竟然翻脸了,还不听解释,你说我冤不冤?"

谁知道呢,人都是要面子的,在面子遭到伤害时,有的人为维护面子就会做出一些违反常理的事,也许这就是人性吧。

人多使靠

前几天我带着一位科长到某单位沟通工作,不巧要拜访的领导有急事外出了,打电话来要我们稍等一会儿。客随主便,等就等吧。

我们来到政务值班室,值班的小伙子客气地招呼我们坐下。正要落座,却猛然发现沙发上到处都是灰尘,不由得有点儿犹豫。小伙子反应挺快,马上说:"您稍等,我拿毛巾给您擦一下。"

靠窗的桌子上有很多烟灰,一个小碗里堆满了烟头,靠墙根有张桌子,上面放着一台电视机,也蒙着一层尘土,不知多久没擦过了。没想到一个有着"国家级文明单位"荣誉的市级机关,政务值班室的卫生状况竟然这么差。

小伙子一边擦着沙发和桌子一边自言自语,又像出于维护单位形象似的向我们解释说:"这里是每天换一个科室值班,人多使靠,都没有养成每天打扫卫生的习惯,我们的办公室里还是很干净的……"

听了他的话,我不仅哑然,好一个"人多使靠"!

突然想起前几年颇为流行的一首歌曲——《三个和尚》,里边唱道:"一个和尚挑水喝,两个和尚抬水喝,三个和尚没水喝……

你说这是为什么？……"是呀，为什么和尚少的时候有水吃，多了反而没水吃了？我觉得表面上看是和尚们越多越懒惰，互相推诿，谁也没有把庙当成家，就谁也不肯主动解决吃水问题了。但这还不是根本，实质上是庙里的方丈失职，没有尽到对和尚们的管理职责，才造成了"没水吃"的局面。

由此推及眼前这个单位值班室的卫生状况。小伙子一句"人多使靠"有道理。正因为是每个科室轮流值班，靠来靠去谁都靠不住，所以每个值班人员都不来打扫卫生，才会弄得到处是灰尘。可这只是表象，深层原因呢？一个单位那么多领导，正副职一大堆，每天上下班要来来回回几次路过这个值班室，难道忙得连进去看一眼的工夫也没有？哪怕有一个领导趁路过之机拐到里边，驻足几秒，瞄上几眼，观察一下，督促一声，这里的卫生恐怕也不至于如此不堪。

遗憾的是可能他们还真没有进来过，或许来过也没有发现，更可能是看到了也懒得说一声、管一下。那不是领导管理不到位又是什么呢？

社会杂谈

从"中国式过马路"想到的

前几日和同事去外地出差，在过马路等红灯的时候，看到一群行人不等对面绿灯亮起，就吆五喝六地向马路对面走去了。正踌躇要不要也跟过去，同事说，"中国式过马路"不安全，还是不要凑这个热闹。

"中国式过马路"是近两年才在网络上流行起来的一种说法。是说中国人过马路时，只要等待的人多了就可以集体横穿，既不管交通信号，也不管交警指挥，甚至有时会逼停正常行驶中的汽车，更不顾自身安全。不知道外国人是不是这样过马路的，但不论怎么看，这都称不上文明行为。若是发生在少数人身上或在个别地方偶然出现，也就是交通秩序较混乱罢了，但如果经常出现在社会中，还被大多数人认可和接受，那就是问题了，这折射出国人的文明素养不高，做事不讲规则，法律意识淡薄。

常言道，"没有规矩，不成方圆"。规矩上升到国家意志时就是法律，就必须得到不折不扣的贯彻执行。如果规矩像谷子地里的稻草人只为吓唬飞鸟，或者像挂在墙上的壁画光为好看，或者只对一部分人适用，那这样的规矩还不如不制定，这是像"剪刀石头布"游戏一样连三岁小孩都懂的道理。可悲的是好些规矩就真是得不到执行而形同虚设。破坏规矩者不受追究,遵守规矩者得不到表扬,谁还会去遵守规矩?形成"中国式过马路"的奇观也就不足为怪了。

我们常说中华民族具有优秀的历史文化传统,很有必要大力传承和弘扬,这有利于增强民族自信感,尤其是在现代社会。但也不得不承认,我们的规则意识差,法律意识淡薄,或许这正是鲁迅先生批判的"民族劣根性"之一吧。中国历史上的皇权专制长达两千多年,实行的主要是"人治"而排斥法治,讲究"朕即法律""普天之下,莫非王土;率土之滨,莫非王臣",无论什么事,只要一句"奉天承运,皇帝诏曰"就一切搞定。虽然也有过不少的"刑律""法典",但大都是为了维护皇权而设立的。规范人的行为和社会关系的律条多了,反而会限制皇帝的权力,所以,"清官意识"深入人心,"清官文化"随处可见。久而久之,广大老百姓心中就缺少了规则法律这根弦,就形成了欠缺法治观的民族文化。

在我国传统意识形态里,占主导地位的就是儒家文化,其核心思想是"三纲五常",在治国理政方面,主要进行所谓的德治、仁治、礼治。儒家认为,无论人性善恶,皆应通过道德去感化去教育,要求为政者通过加强自身修养来维护统治阶级的利益和社会秩序,提倡士大夫"修身、齐家、治国、平天下",提倡统治者与被统治者都要各安其所、各守本分,人人都要克制自己,"一日克己复礼,天下归仁焉",在这种"人治"学说里,规则法律的影子非常浅淡。

新中国成立后,百废待兴,百业待举,本应大力加强法治建设,强化公民规则意识。但不幸的是,建国不久,中国就经历了十年"文革",又被林彪江青两个反革命集团利用。这场运动要"打倒一切""全面内战""砸烂公检法",规则和法律遭到了严重破坏和疯狂践踏。改革开放以后,我国法律制度建设得到长足发展,30多年间共颁布"法律"和"条例"两百多部,初步做到了有法可依,特别是在一些关键领域和行业。这对几千年来一直奉行"人治"而忽视规则和法律建设的中国来说,的确是一个巨大的进步。

从八十年代初期起,国家开始大力开展普法教育,从"一五"到"六五",已经搞了三十多年了。国家花了不少钱,有关部门也费了不少劲,应该说收到了很明显的成效,但是这些教育不够深入、具体和细致,往往偏重形式和宣传。花样不少、手段繁多,但对于真正增强公民的规则意识和法律观念并没有起到多少实际作用,规则和法律还没有完全深入人心,并成为人们自觉遵守的行为准则。近年来出现的周永康、薄熙来案件,掌握和操纵法律者故意破坏法律,把广大人民群众和执法机关玩弄于股掌之间,正是令人痛心的真实例证。

杜绝"中国式过马路"现象也绝非一朝一夕之功,需要长期艰苦不懈的努力。实现依法治国还有很长的路要走,需要花费几十年甚至上百年的时间。要认真总结从"一五"到"六五"普法宣传教育的经验教训,从治理像"中国式过马路"等公众生活中的点滴小事做起,从娃娃抓起,见微知著,培养公民遵守规则和法律的意识,完成建设社会主义法治国家的要求,则实现中华民族伟大复兴的"中国梦"有望矣。

2015年1月29日

GDP 崇拜与洋垃圾

GDP，三个简简单单的英文字母，用中文翻译过来，就是"国内生产总值"，是宏观反映经济总量的重要指标。长期以来，由于被附加了一些特别的政治意义，这一指标身价倍增。新中国成立后的六十多年间，围绕经济增长指标问题，国家曾犯过"左"倾冒险和急躁冒进的错误，甚至在1958年"全民大跃进"时，提出了"人有多大胆，地有多高产""十年之内赶英超美"等"左"得不能再"左"的口号，成千上万人被饿死。但这似乎并未引起我们多少警惕，经济调整周期过后，所谓的新口号只是变变说法，不切实际的虚假要求依然照旧。近年来，GDP 更是成了显示地方政府政绩、衡量干部能力的标准，也成了影响干部提拔升迁的重要变量，因而也就成了大多数地方政府官员狂热追求的目标，甚至产生了盲目的"GDP 崇拜症"。

近日，我看到两则报道，都是与追求错误 GDP 增长有关的。一则是沿海某县城遭遇洋垃圾围城。美英等发达国家的废弃塑料和医疗垃圾等被装船后大量运到了中国，因为有人用超别人两倍以上的价钱收购了这些垃圾，在中国经过重新分拣加工后再拿到市场上销售。加工废弃塑料的工厂弥漫着难闻的气味，在整个分拣过程中,员工没有任何保护措施,一些医疗垃圾袋子里的满是细菌的液体直接倾倒在附近的江河中,既影响人体健康又破坏环境。老百姓举报后,当地有关部门却不能及时有效地治理,表面上看是在拖延应付,其实却有说不出口的理由。这类产业已形成了规模,在当地 GDP 构成中占有相当大的比重,予以取缔会影响年度考核。

另一则是某县统计数据造假。当地实行主要经济社会指标排位制,如果县里连续三年在全市垫底,主要领导将会被"末位淘汰"。到了年末岁首上报数据的关键时期,了解到本县上报的GDP 数据又一次低于周边县时,县领导要求统计局把上报的报表追回来,"核实调整"后重新上报。偏偏统计局局长做事较真,按土话说是个"拧把头",他拒绝重新上报。第二年,县里就把统计局局长调到了别的岗位上去了。

这两个例子尽管有些极端,但无论官方还是民间都过分迷信GDP,过分放大 GDP 在国民经济中的作用,这是不争的事实。2010 年,我国 GDP 首次超过日本,排名世界第二,曾一度引起部分学者和民众的躁动。有一种理论说,GDP 每增加一个百分点就能带来一百万个新增就业岗位。照此推算,改革开放三十多年来,我国 GDP 增幅每年大都在百分之十左右,应该增加了多少就业岗位?恐怕已经超出了我国的新增劳动力数量,怎么还有下岗待业人员呢?还有一种奇怪的现象,所有县的 GDP 加起来大于市里的,所有省汇总起来又远远超出全国的,最后不得不依据典型调查的数据做出调整,才能发布全国数据。

领导干部追求政绩,热衷于 GDP 的增长倒也不一定是什么坏事,至少他重视发展,比尸位素餐、不干实事的人强多了。但若是完全为了个人政绩而不惜弄虚作假、破坏环境,甚至践踏法律,挖空心思故意抬高数据就让人不能容忍了。

2015 年 1 月

"面子"大如天

　　我老家在豫北农村,元旦前回去参加老同学儿子的婚礼。中午吃饭的时候,看到沿街摆了有六七十桌,粗略数一数竟有五百多人就餐。老同学的家族并不大,亲戚朋友也不多,为什么会邀请这么多人来吃饭? 旁边人说:"咱这儿农村都这样,哪家都要顾面子、随大流,不摆不行。"老同学后来告诉我,这一场婚宴办下来就得两万多元。农村不像城市,客人上的礼金也不多,和婚礼的花费相差很远呢。好一句"顾面子,随大流",充满了无奈,说得我心里沉甸甸的。我不禁想到,看江苏卫视的《缘来非诚勿扰》节目时,很多老外在相亲失败后,评价中国人时常说的一句话就是"他们都是很要面子的"。

　　是的,面子在中国人看来的确非常重要,从古至今有很多事关面子的经典言论。对某件事感到不平要抗争时就会说"不争馒头争口气";批评某些政府官员不顾当地财力和老百姓的真实需要而修建某些豪华建筑是"面子工程";遇到别人为了某些事来求情时会说"这次就给你个面子"云云。"面子"强"里子"弱的事在国人的生活中比比皆是。

　　说穿了,中国人爱要面子大多都不是为了生存,而是为了某种需要。《红楼梦》中对元妃省亲的描写是国人"面子"观的典型写照。贾府不顾"大厦将倾"的实际经济状况,花费巨资修建大观园,虽然受到元妃批评,但场面确实好看,营造出了一个贾府富足豪华的假象,可说是封建贵族为维护家族在朝廷和士绅中的虚假繁荣形象而耍的打肿脸充胖子式的面子。鲁迅先生也曾描写"孔乙己是站着喝酒而穿长衫的唯一的人",这可说是旧中国落魄文人在乡邻面前为维护自己那点可怜的自尊,显示自己知识分子身份而耍的最廉价的面子。

时下豫北农村家庭遇有婚丧嫁娶事宜,不顾自身经济条件,讲排场、比阔气、大操大办,动辄广邀乡邻摆席几十桌,一场事办下来,花费远超自己的经济能力,给以后的生活带来负担。这可说是为了别人的看法而不得不耍的无奈的面子。李兴民在亳州当市委书记时,像军队司令官检阅属下部队一样对当地公务员队伍搞阅兵仪式。可说是现代社会的"公仆"为对主人抖威风、震慑民众而耍的狂妄自大,也最终留下笑柄的面子。

形形色色的耍面子到底起自官方还是民间无从考究,但确实存在于社会生活的方方面面。它影响着我们每个人在生活舞台上的角色定位,因为我们都想让外界看来更光鲜一些,赢得别人的尊重与喝彩,所以有时明知不可为也要勉强为之,做一些打肿脸充胖子的事情,殊不知最终伤害的还是自己的社会信誉和经济实力,并会给社会带来奢靡庸俗的风气。

搞形象工程贪大求洋,搞城市建设大拆大建,不惜斥巨资、欠巨债,应对上级考核不惜欺上瞒下修改数据、制造虚假政绩,迎来送往招待客人,动辄鲍鱼辽参不惜消费上万。凡此种种无不和

"面子"有关,这种庸俗恶劣的政风带坏了民风,毒害了社会风气,影响的是执政基础。

好在去年中央开展了以治理"四风"为主要内容的群众路线教育实践活动,相信这不是一阵风式的治理,而是会长期坚持下去的。"四风"无不和要面子的恶俗之风紧密相连,相信国人的"面子观"会得到很大矫正,风清气正、良好淳朴的社会风气会在不久的将来蔚然形成。

"讲义气"不能破坏规矩

元旦回老家探亲,遇见一个在当地当镇长的老朋友,他不禁说起另一个在县公安局工作的老同学:"嗨!进去了。都是义气惹的祸!"我一时没反应过来:"什么?进哪儿去啦?""唉!他都是因为太讲哥们儿义气啦,坏了规矩,才把自己搭进去的!"镇长连声感叹,向我详细介绍起来。老同学出事源于半年前他主办的一个案子,他的一个拜把兄弟的朋友涉案被抓,他经不住拜把兄弟的请求,私自允许涉案人亲属在不该探视的时候进行探视,结果形成串供,开庭时嫌犯又当庭翻供。上级下来追查责任,于是审人的人成了被审的人,老同学被投进了看守所。听了这种情况,我不禁感慨万端、唏嘘不已。

在中华民族五千年的文明史中,"义"占有十分重要的地位。特别是到了春秋时期,中国形成了儒家文化,"义"更是被列为核心内容之一,"仁义礼智信""三纲五常"成为传统文化的精髓而占据主导地位。中国与"义"有关的词汇乃至成语故事多不胜数,如"义薄云天""义不容辞""大义灭亲"等。围绕一个"义"字发生过多少震撼心灵、荡气回肠的故事,成就过多少英雄豪杰。不可否认,"义"在维护国家正常运转、促进社会和谐、推动历史发展方面发挥了不可替代的作用,如果没有"义"文化的传承和熏陶,简直不可想象我们这个民族会是什么样子。

可是,自古以来国人就主张"义"有"公义"和"私义(谊)"之区分,即国家大义、民族正义和江湖义气、哥们儿情意是有区别的。二者相互联系,有时统一为一体,有时又相互对立。还有的看似"公义"实为"私义(谊)","义"与"非义"有时还真是界限模糊、不易辨别。所谓"伸张正义",关键是看为谁去伸张这个"义"了。

最典型的莫过于战国时期荆轲刺秦王的故事。韩国公子花重金收买荆轲,要他去刺杀秦始皇,"风萧萧兮易水寒,壮士一去兮不复还"。韩公子是要为已经被灭了的列国复仇,阻止剩余列国将要被灭的命运,代表的是六国诸侯和士大夫阶层的利益,站在国家与民族历史发展的角度看,不能称此为"义举"。荆轲刺秦是为了报答韩公子,明知赴死也在所不辞,这就是纯粹的江湖义气,是"私义"了。所以,荆轲也好,韩公子也罢,他们的举动都不是为了国家民族的大义。因而后世评价这段历史时,常用的一句话是"春秋无义战"。可见,正义与非正义都有一定的历史局限性,和一定的社会阶层利益相关联。

在我所熟知的文学人物中,能够把"私义"与"公义"、哥们儿义气与民族大义分清楚的也只有《水浒传》中的李逵一人。他跟随宋江南征北战、东砍西杀,最重视和宋江的哥们儿义气,也对宋江最忠诚,动辄要"待俺持两把板斧砍到东京城,替哥哥夺了那鸟皇帝位"。然而,当听说宋江欺压百姓、强抢民女时,他竟然立即火冒三丈,来不及搞清楚真相,就要跟宋江翻脸,还扬言要砍掉宋江的头颅。看，这黑李逵是多么爱憎分明，把哥们儿义气和社会正义区分得多么清楚明白。比较而言，《三国演义》中桃园结义的刘关张三兄弟就显得"私义（谊）"重于公义了。关羽败走麦城战死后，刘备竟不顾早已定下的联吴抗曹之策，不顾蜀国的国家大义和诸葛亮的苦劝，起举国之兵讨伐东吴，以致蜀国元气大伤。

　　所以，在任何社会环境和条件下，江湖义气、哥们儿情意都必须服从于国家大义和社会公义，这是维护国家与社会正常和谐，保障百姓安居乐业的必要条件。特别是在法治逐步健全的现代社会中，身为公务人员，如果破坏这个规矩，用江湖义气、哥们儿情意冲击国家大义、社会公义，甚至为维护小团体利益而碰触法律底线，不仅于事无补，最终只会深陷囹圄，追悔莫及。

幸福是什么

幸福是什么？一千个人可能会有一千种答案。你幸福吗？如果你在街头突然问一个行人，大部分人可能都会一愣，一下子还真答不上来。

土豪们腰缠万贯、日进斗金不一定感到幸福。富人们有一百种致富门路就有一百种担心，钱财来路不正或担心被偷、被抢、被绑架而整天提心吊胆，来路正当合法也会担心股票下跌、产品滞销而致财富缩水。整天生活在各种各样的担心里，怎会感觉到幸福呢？虽然这并不影响人们去千方百计地追求财富。达官贵人加官晋爵也不一定感到幸福。靠行贿受贿、买官卖官、欺上瞒下而谋取和把持官位的，担心东窗事发而惶惶不可终日。靠忠诚实干、服务民众、赢得民心而一步步走上高位的，也得整天勤勤恳恳、清正廉洁、任劳任怨，还得提防各种明枪暗箭。整天过得战战兢兢、如履薄冰，怎会感觉到幸福呢？虽然这并不影响官员们施展各种能耐去谋取更高的官位。那些拿着废旧塑料袋子拾荒的老太太不一定感觉不幸福，那些拖家带口、背井离乡、常年在外打工的农民工也不一定感觉不幸福。

去年春节回农村老家，和几个最要好的老同学聚会，多年不见,感觉分外亲热。其中有三人都在城市里工作安家了,两个在行政单位里担任一定的职务,另一个做黄金珠宝生意,远近闻名。我们被公认为同届高中毕业生中最有出息的四个人,但聊起人生经历和目前处境,却无不感叹生活不易。倒是同学中那位年龄最小、乳名"二歪"的,和我们的感觉大不一样。

二歪以前的生活很是拮据。他有两个儿子,大儿子十年前在外地煤矿打工弄伤了腿,成了残疾人,如今年近三十了还打着光棍;二儿子前几年打架伤人被劳动教养。后来父子三人承包了村里的苹果园,他用乐呵呵的腔调告诉我们,大儿子正准备结婚,承包苹果园今年挣了三万多,家里的一切都正在好起来。"我心里挺满足的!"好一个"满足"。在我们看来,他的社会地位最低,生活最为困难,可他的幸福感却是最强的。

对比最鲜明的是拿破仑与海伦·凯勒的对话。拿破仑是十九世纪法兰西帝国的皇帝,拥有一般人绝不可能拥有的权力、财富与荣耀。他却对海伦·凯勒说:"在我的一生中,从来没有过快乐的日子。"海伦·凯勒是个又盲又聋的残疾人,她却对拿破仑说:"生活是多么美好啊!"

可见,每个人的幸福标准都不一样,它与权力、财富、名誉并不完全成正比,即使是同一个人,当他处在不同的时期和不同的社会阶层时,他对幸福的感觉也是不一样的。这和西方的社会学家马斯洛的"需求层次论"是相吻合的。因此,作为普通老百姓,我们应当珍惜目前所拥有的一切,开开心心地过好每一天。

游麦积山石窟

甘肃天水麦积山石窟是我国悠久灿烂的古代文明的一处著名遗迹,与河南洛阳龙门石窟、山西大同云冈石窟和甘肃敦煌莫高窟并称为中国四大石窟。其他三窟我早已观赏过,只是一直没有机会去麦积山石窟,去年夏天休假,两位退休老友邀请我一同驾车西游,想想终于有机会去看麦积山石窟,心情颇为激动。

我们一行六人驾车,一天就到达了天水,第二天早饭后,经四十分钟左右的车程,来到了风景区售票处。轮到我们买票时,售票员却告诉我们等一会儿,就离开了窗口,把一长队游客晾在了那儿。游人议论纷纷,甚至骂骂咧咧,指责他们服务差,还有的说这里管理混乱出了名,曾经受到过国家旅游局的通报批评。抱怨归抱怨,但也没有办法,耐心地等待吧,观景览胜的心情打了不少折扣。正烦恼无聊,一个小伙子把我拉到一边悄悄说:"我家就在景区里面住,把你们拉进去,每人只要二十块,你们买票要花七十呢!"本来我对这种逃票行为甚感不屑,总认为不够光明正大,但这次售票员不负责任的态度激起了我们的反感。于是我们商量了一下,就上了小伙子的面包车。

蓝天白云,漫山遍野树木葱茏,远眺风景秀丽,云雾阵阵,近观松竹丛生,山峦叠翠。偶有几棵白杨树掠过,银白色的树叶随风一摆便哗哗作响。小伙子是司机,兼做起了导游,他告诉我们,相传天水是人文始祖伏羲的出生地,"羲皇故里"的祭祀活动已有千年。在古代,天水可是国际性大都市,来往驻留的商贾和僧侣众多。这里临近长安,是丝绸之路上的第一个也是最重要的大站,大批的丝绸、玉器、瓷器经此运往西域各国,来自西方的香料和一些洋玩意儿在此分拣整理后再送往长安。我想,那时的天水就如郑州现在的航空港,是个物流集散中心,只不过当时天上没有飞机,地上没有火车、汽车罢了。

麦积山以其形状奇特、孤峰崛起,犹如农家麦垛而得名。莫高窟以壁画闻名,龙门石窟以石刻闻名,而麦积山石窟是以泥塑和绘画闻名。这里地质构造复杂,石质疏松,可以凿窟却不宜雕刻塑像。麦积山194窟全部凿于悬崖峭壁之上,没有大型吊车和电梯之类的设施,真不知古代匠人是如何爬上去的,不由得佩服他们的勇敢和献身精神。当然现在上去不用费多大气力,因为景区早已修好了游览栈道。

车子开到半山腰一个偌大平台上停了下来,司机把我们交给一位专职导游小姐,又下山组织其他客源去了。我们沿栈道拾级而上,导游小姐告诉我们,麦积山石窟群曾在唐朝受到地震破坏,目前分为东西两个区域,我们所在的是西崖石窟群。上到大约五层楼的高度,"天堂洞"映入眼帘,这是西崖最大的石窟。正壁中间和左右各有一佛二菩萨,全都形神兼备,栩栩如生。一窟一窟看下去,只有少部分壁画已经修复,大多都失去了原有的色泽和光彩,听导游小姐细细讲来,仍能领略绘画者的高超技艺和动人向善的良苦用心。果真，各个洞窟里大都是泥塑，也有几尊石雕，佛与菩萨都形态各异，美不胜收，充分展示着历次建造的强烈时代特点和民俗倾向，导游说我国著名历史学家范文澜曾评价这里是"陈列塑像的大展览馆"。

离开麦积山，同伴老张说："历史上有很多人多次建造石窟，雕刻或绘制这些佛像和菩萨，是求官求财呢，还是祈求风调雨顺、世人平安呢？"另一同伴老范回答："好像导游说是商人捐建的，那时候官员不可能随便花公款搞旅游形象工程，不是官府修建的，不会是求官，应该是求财吧！"一番话说得我们哄堂大笑。说实话，这个问题我没有认真思考过，不过总觉得应该是和信仰有关，好像只有信仰才能支撑人们修建佛堂、虔诚拜佛吧。

也谈春晚

春节前后，中央电视台的春节晚会再次成为街谈巷议的焦点。其实，从八月份开始，有关的议论就逐渐升温了，从谁做总导演，到哪位明星上什么样的节目，还有谁的节目没有通过审查，再到有多少小品、多少歌曲、多少舞蹈，围绕这台晚会的编排审查一折腾就是小半年。节目播出后，又有一些文艺人士、热心观众评头论足，或赞扬或吐槽。组织者又说下一年还要搞"我最喜欢的春晚节目"评选，弄得跟一场全民大餐似的。

在我看来，春晚也只是一场文艺演出，无非多了几个节目，拉长了点时间，只要能增加节日喜庆气氛，在除夕给大家带来欢乐也就够了，这样"轰轰烈烈"完全没有必要。我不是文艺界人士，也不是艺术评论家，作为一个普通的三十几年春晚的观看者，我从青年小伙变成了一个小老头，只是感觉现在春晚的场面与三十几年前相比，从内涵到形式，都已大大不同罢了。

最初两届的春晚无论规模还是观众人数都没法和现在比——当然，这和那时电视不普及有关，那时的春晚大约只相当于后来一些大单位的文艺联欢会，没有那么多灯光、舞美、音响等配置，更没有高科技手段。主持人拿个话筒，站在中央，就像个报幕员,吆喝谁唱谁就唱,唱得好现场观众一喝彩就再来一曲。小品相声类节目好像也不是层层筛选出来的,而是指定几个人,临时排练几天也就上了。不像现在,主持人排成队,演员明星大腕云集,还同时有好几个场地。

除了娱乐功能外,春晚还衍生出了一些其他功能,如使一些演员成名,使一些歌曲久唱不衰等。当年第一届春晚中,张明敏一曲《我的中国心》感动了多少华夏儿女,至今还在传唱。后来,登上春晚成了许多演艺人员名扬全国的直通车,只要在春晚亮相,甚至打工的、卖菜的、放羊的也能一举成名,立马就有人来找你拍广告,简直是名利双收。随着时间的推移,新面孔不断涌现,主办者也在有意进行调整,一些老面孔正在逐渐淡出,直至完全消失在观众的视野里。

已连续举办三十多年的春晚,承载了太多人的梦想与希望,在给国人带来欢乐的同时,也遭到了越来越多的吐槽,不知是观众的欣赏品位高了,还是春晚越办越落入俗套了,改革势在必行。这几年,主办方也一直在酝酿着改革,我觉得无论怎样改,都不能办成少数人实现明星梦的阶梯,还是应该办成引导人们抑恶扬善、营造社会正能量的主战场。

城管？城赶？

　　我家小区不远处有个丁字路口，附近有医院和居民区，来往的行人络绎不绝。不知何时，开始有人在那里摆摊设点，卖些餐饮小吃，小生意倒也红红火火。可能是周边缺少小吃市场的缘故，这里的小吃摊越摆越多，渐渐成了规模，居然形成了一个流动餐饮小市场。虽然方便了周围居民和就医的群众，可小摊也越来越向道路中间蔓延，地面上也老是有些残羹污渍、断筷碎碗什么的，颇为碍眼。

　　毕竟不是划定的摊位，他们便时不时地遭到城管的驱赶，更有摊子被掀、三轮车被扣的事情发生。可城管一走，他们就像从平地里冒出来的一样，又吆喝着支起炉灶，热火朝天地做起生意来。这样如猫逮老鼠游戏般的撕扯纠缠，成了一道不定时出现的城市风景线。

　　那天傍晚，我下班路过那里，来到一个摊位前，准备买张大饼带回家，拿到了大饼，却发现没带零钱，只得掏出张百元大钞准备付给摊主。忽听谁大声喊了一句："城管来了！快跑哇！"好像一声令下，商贩们麻利地收桌掇凳，骑着三轮车四散逃去，霎时间便跑得干干净净。原本热闹非凡的近百米长的一段路上，只剩下一群东张西望、等待购买食物,以及见怪不怪,仍然坐在低矮餐桌边埋头吃饭的食客。

大饼摊主也利索地收拾了他的东西,看看我递上的钱直接说了句:"回头给,我还在这里。"也来不及收钱找零,他推起三轮车就慌慌张张向小路上跑去了。

三辆有着"综合执法"字样的城管车已停在了路边。我以为还和往常一样,城管车驱离商贩后就会离开,然后他们前脚刚走,商贩们就会后脚紧跟着再返回来。不料,这次城管队员们下车后,全部分散站在不远的路边上,看样子短时间内不会离开。

看到城管队员中有一个我的熟人,我便走过去问他:"今天你们准备一直站在这里吗?那小贩是肯定不敢再回来啦。"他回答说:"听说有检查组要过来,这里是检查组车辆的必经之地。"

我问:"是不是也像以前一样,检查一来就清理一下,风头一过检查组一撤,又允许他们继续出摊呢?"他说:"这次不一样了,是要永久取缔这个市场,他们以后再也不能在这儿摆摊了,要经营只能到指定的小吃市场里去。"我不解地问道:"为什么要这样呢?""我们领导说的,具体原因我也不是很清楚。"他回答说。

过了一会儿,他又接着说:"其实我们也不愿意老过来驱赶人家,这些小摊贩也都挺不容易的,我们也知道网上是怎么评价我们城管的。可维护市容和交通毕竟是我们的职责,是我们的工作呀。如果任由他们摆摊设点,弄得到处乱哄哄的,就是我们的失职,不但会挨领导批评,老百姓也一样会骂我们。我们也很为难,照章办事又会成为很多人眼里的恶人,所以,有时也只好睁一只眼闭一只眼算啦!"他的说法是不是代表大多数城管人员的想法我不得而知,但"睁一只眼闭一只眼"式的管理方式,肯定是造成商户你来我就跑、你走我回返、驱而不离、打游击式摆摊设点的直接原因。有时候官方的规定,执行者的无奈与现实的社情民意之间就是这样不可思议地矛盾着。

说实在话,我也不赞成这些商户随便占道经营。他们不在这里出摊,对我来说也没有什么,顶多是少吃几回大饼罢了。至于摊主们靠什么挣钱补贴生活,是不是给周围居民带来了方便,和我的关系其实并不大。但我仍然思考着,一遇检查就禁止小商贩在街上露面到底应该不应该,有没有更好的办法来解决城管和小贩的矛盾呢?

后来,城管倒也没有真的取缔那里的流动小吃摊位,检查组撤走后,城管的车辆不在那里,小吃摊又陆续出现了。不过这一禁止就是十几天,天天有两台城管车子在路口停着,还有城管队员在那里值班,当然也没有一个小吃摊了,待我有机会归还大饼钱时,已是半个月之后了。

我常在他这里买饼吃,也算是老主顾了,就顺便聊了起来。我问摊主:"这几天不出摊在家里干什么?"他回答说:"还能干什么,闲着呗!"

我又问:"为什么不到指定小吃市场去呢?"他爽朗地回答:"很简单,那些地方位置都相对偏僻,生意不好呗!"

我说:"虽然生意没这里好做,但多少也能挣点儿,总比不出摊强吧!"他解释道:"不是的,别的东西今天卖不完明天还能接着卖,做小吃的可不行。比如我这烙大饼、炸油条,每天都得早早起床发面,该发多少面说不准。发少了问题不大,要是发多了卖不出去,明天就坏了。他们指定的市场远离居民区,一天根本卖不了几斤面,赚不回来本钱,净耽误工夫。"

"可你们总在这些热闹地段经营,经常被他们赶来赶去的也不是办法呀,再说乱糟糟的也确实影响市容和交通。听说城管要永久取缔这里哪!"

"永久取缔?!"他显然有些气愤,"他们这帮人可真是阎王不嫌鬼瘦,只知道推车夺秤赶我们,不是城管而是'城赶'。在这里摆摊的大都是附近的村民,地都被征走了,再不让做点儿小买卖,我们怎么生活呀? 还有她们……"他指指旁边不远处的两个买凉皮的中年妇女说,"她们都是下岗职工,低保困难户,就等着这点儿钱补贴家用、供孩子上学呢。谁能发发善心替我们想想,不求别的,只要让我们安安稳稳挣点儿辛苦钱就行了……"

他的一席话理直气壮又令人深思。俗话说家家都有本难念的经,其实还应该再加上一句"行行都有点心酸的事"。随着城镇化的推进,失去土地进城务工的农民不断增多,加之社会处于转型期,出现了大量的下岗失业人员,他们处在社会底层,需要吃饭,需要就业。如果不顾及他们的利益,只为了追求光鲜的城市外表,就一味地驱赶他们,肯定会引发一些不稳定因素。如何处理好这些矛盾,在保护好弱势群体的利益、不伤害执政之基的前提下去追求城市靓丽和官员政绩,应该是发展过程中每一位城市管理者都需要认真思考的问题吧。

站着说话不腰疼

汉语和世界上任何一种语言都不一样,在几千年的发展过程中,产生了许多经典的成语和句子,形成了自己独特的含义和语境。相同的一个成语或一句话,表达者和倾听者的身份背景不同,理解就不一样,产生的效果也就不同。所以老于人情世故和懂得如何说话的人,会根据不同的语言环境和表达对象而采用相应的语言和表达方式。这才能产生共鸣,形成和谐的交谈氛围。如果不顾环境场合和交谈对象的感受,只是自说自话,就很难进行有效的沟通。在现实生活中,这样的例子不胜枚举。

前年,我负责单位基建工作期间,需采购一批大型电器设备,经招标,确定了上海一家企业的产品。根据协议,我和施工方代表老王随供应商一起到厂家去考察产品。考察结束后,供应商安排我们参观浦东新区,他们总公司的总经理也陪我们登上了上海当时最高的建筑金茂大厦。对方为表重视,晚餐就安排在该大厦第86层旋转自助餐厅。进餐的时候,自命不凡的老板一边望着下面的万家灯火、车水马龙和黄浦江上的游船,一边向我们一行人介绍他初到上海时的奋斗史和成功经验,最后感慨地来了一句:"其实,人生就如这下面的车马和游船上的灯火,飘忽不定,又明明灭灭,何必把自己搞得忙忙碌碌劳累不堪? 何必追名逐利呢?"

这时,正拿着比萨边吃边欣赏楼下美景的老王忽然回过头插了一句:"你真是站着说话不腰疼。"

我知道老王什么意思,急忙用眼神制止住了他,不过对方好像也没有听懂老王用我们的方言说的那句话。我没有接他的话茬,而是盯着总经理问了一句:"你为什么把晚餐安排在这个地方呢?"

"因为这是全上海最高的自助餐厅,它还能三百六十度地自由旋转,视野辽阔。而且做出来的东西特别好吃,服务也周到。您不觉得来这里吃饭会有贵族一样的感觉吗?"他回答并反问道。

我说:"是的,除去坐飞机之外,我是第一次坐在这么高的地方吃饭,飘飘忽忽如腾云驾雾一般,感觉确实不错。您常来这里吃饭吗?"

他回答道:"也不是常来,每逢有重要客户来我公司考察产品时,我都要陪着来,平时遇有烦闷的事情也会来这里消遣排解。"

我说:"这就对了,这正是您刚才说的人何必追名逐利的原因,也为老王刚说的那句话做了注解。人与人是不一样的,像我们恐怕一生也难得来这里消费几次,像您刚才所说'人何必追名逐利'那句话,不是人人都能体会到的,那是需要资本的。"

我这样说过后,总经理不知如何往下接,只是尴尬地笑笑表示理解。

回到驻地后,老王对我说:"领导,你真行,不动声色就把他们总经理教训了一通。"

　　我说:"你又错了,我哪里是在教训人家,我也没有资格教训人家。像他这样财大气粗的人平时自负惯了,特别是对从小地方到大上海来的人,说话时多半是在自说自话,很少考虑别人的感受。我只是提醒他,与人交流时要注意场合和对方的身份罢了,难道不是吗?"

谁 易 知 足

我国幅员辽阔,人口众多,经济发展水平又很不平衡,加之市场经济机制不健全等种种原因,若干年来积累了一些社会矛盾,不同社会阶层之间存在巨大的收入分配差距,社会上不免有"端起碗来吃肉,放下筷子骂娘"的现象。十八大以来,我们党以实现社会公平正义为目的,采取多种举措进行资源重新配置和利益再调整。正如李克强总理所说:"触动利益往往比触及灵魂还难。"这次改革要褫夺一些集团的既得利益,难免会遇到很大阻力。然而,作为社会底层的农村老年人却是牢骚话最少、生活最满足的一个群体。

这两年,我常在闲暇时回农村看望儿时的伙伴和家族中长辈。他们有的常年在外打工,只有过节时才返乡探亲;也有的在家帮儿女看孩子;还有的因身体情况,真正在家赋闲养老,做"空巢老人"。闲谈聊天中,他们都认为现在日子过得好,对改革措施表示拥护,对国家政策表示感激。几千年来,农民"种地纳粮"的老规矩被废除了,种田不但不用交公粮,国家还发种粮补贴。实施了新农合制度,减轻了农民看病的经济负担。实施了新农保制度,六十岁以上的老人每人每月最低可以领五十五元钱,老夫妻两个加起来了能够领一百一十元。过去连想都不敢想的事,现在竟变成了现实,农村老年人怎么会不感激国家呢?

农村老人最满足,至少说明两方面的问题:一是他们的情感很质朴,很容易知足。以往从未享受国家无偿提供的养老保障,现在获得了就是"天上掉馅饼",虽然钱很少,也只是感激并不抱怨,不像某些贪腐分子和特殊利益集团贪得无厌。二是说明我国社会的利益结构还有很大的弹性,国家具有很大的利益调整空间,各种惠民政策的实施可以使广大基层群众充分享受改革开放的成果,巩固执政基础,从容应对各种危机和挑战。

"核弹克星"梦

我不是科幻小说作家，更无资格无能力做与核武器相关的事宜，作为平民，我要叨咕一下这个话题，因为我和大多数人一样，热爱和平、珍惜生命，也关注地球和人类的可持续发展。自1945年美国在日本广岛投下第一颗原子弹起，地球就面临着被人类毁灭的危险。从冷战时期的两大霸主，到现在追求地区霸权的国家，不论价值观是什么，也不管国力强弱，哪一个没有核武器，哪一个不追求核优势，哪一个不进行核威慑。

按照进化论的观点，人类是从猿变成类人猿、类猿人，再到古人、今人，经过几百万年的漫长进化而来，想必这个过程始终伴随着战争吧。人类有文字记录的历史也就几千年，不知道历史学家是如何解读划分的，作为一个外行，我觉得人类战争史大致可分为三个阶段。

第一阶段，远古时期的战争应该贯穿从类猿人到古人进化的整个过程，这个阶段最长有几百万年。战争的目的很单纯，就是争夺食物和地盘，以石块和木棍为主要武器，战争持续时间短，参与人数少，伤亡有限。其实这只是部落之间打群架，称之为战争多少有点勉强。

第二阶段，从青铜器时代人类产生文明，一直到火药大范围应用于军事前，这个阶段有五六千年，刀剑等金属制品为主要武器，这个时期也被称为冷兵器时代，战争多在诸侯国之间进行，目的是扩大地盘，掠夺人口和资源。战争持续时间长，参与人数多，且伤亡数量大，如中国历史上著名的秦赵长平之战，项羽打败章邯的巨鹿之战等，战胜方大量坑杀战败方俘虏，战争非常野蛮。

第三阶段，二三百年前的工业化时代之后是现代战争，武器发展突飞猛进，从步枪火炮到飞机、战舰、导弹大量装备于军事。战争的目的是称霸世界、控制资源，战争持续时间长，参与国家多，造成危害大。先后有六十多个国家和地区卷入二战，七千多万人伤亡，许多国家的政权遭到了颠覆，世界格局也重构了。

从茹毛饮血的时代到二战结束，虽然战争的规模不断扩大，武器越来越先进，伤亡人数也越来越多，但最后总是可以控制的。可怕的是，二战后期人类进入核武器时代，美国在日本投放的两颗原子弹瞬间使十几万人化为灰烬。冷战时期，两个超级大国大量研制生产核武，核战争阴云笼罩之下的各个国家纷纷寻求核保护，一些国家拼命加入核俱乐部，可怕的是还有一些狂人主政的国家和极端组织也在疯狂地寻求拥有核威慑。二战后的几十年间，全世界的核弹数量不断扩大，最多时超过了一万枚。爆炸当量不断增加，地球成了个随时可以点燃的巨大火药库，人类赖以生存的地球足以毁灭几十次。

上帝赐予人类的核材料，本来应该用来造福人类，带来光明前途，不料却被处处标榜自己的"普世价值观"，把"人权"口号喊得震天价响的美国最先使它变成了高悬于人类头上的达摩克利斯之剑。铀和钚是制作原子弹和氢弹的主要材料,不知发现这两种元素的科学家做何感想。

中华民族是爱好和平的民族,不希望打仗,更不希望爆发核战争,但为保护庞大的国土和众多的人民,却必须拥有核武器,同时率先向世界承诺不首先使用核武器,不对无核国家使用核武器。二战后几十年间,美国和苏联,以及和后来的俄罗斯进行过多轮谈判,数次签订《削减和限制进攻性战略武器条约》。但由于个别国家追求霸权,国际局势复杂多变,国际矛盾与军事冲突层出不穷,单靠善良愿望和少数几个国家间的谈判能彻底消除核威胁吗? 恐怕办不到。如此说来,已有四五十亿岁的地球真的会因人类可能爆发的核大战而走向毁灭吗?

我觉得不会,中国有句俗语叫"卤水点豆腐,一物降一物"。科技发展无穷无尽,人类发明了核武器,将来也一定能够找到降服它的方法。不妨展开幻想的翅膀,或许有人能造出一种"核弹克星",不论核武器是挂在飞机上、装在火车上还是隐藏在深海潜艇里,都能一招使其无法爆炸永久失灵。就像电灯,灯光一照室内全明,灯光一灭室内全黑,岂不彻底解除了核武器的威胁吗? 听起来全像是梦话,但我认定解铃还须系铃人,高科技带来的威胁还需用高科技手段来解除。不知能否实现。

上海外滩踩踏事件的另类反思

2014 年 12 月 31 日 23 点多钟，上海外滩陈毅广场发生了严重的人员拥挤踩踏伤亡事件，造成 36 人死亡、49 人受伤的严重后果。事件一经媒体报道，舆论哗然，举国震惊。据说，当晚举办 2014 到 2015 的跨年活动，过多游人拥到外滩陈毅广场，致使现场秩序失控，有关部门对安全隐患事前预估不够，管理失措，从而造成悲剧发生。36 个年轻鲜活的生命被永远定格了，他们的家庭受到了严重的伤害，社会也应当做沉痛的反思。

事件发生后，媒体又进行了多角度、全方位的深度报道，进一步分析了原因。有媒体说，事发当晚，有人从附近一幢高楼上向下抛撒疑似美元的代金券，引起下边游人哄抢，造成踩踏伤亡（后来官方发布消息称，抛撒代金券发生在踩踏伤亡事件之后）。也有媒体说，当晚庆典活动原来安排有"灯光秀"节目，组织者感觉吸引游人太多不易管理就取消了，却没有及时发布消息，不知情的游人到了广场高台上，发现没有节目想要下来，下边的游人还要上去看节目，双方逆流造成拥挤踩踏。还有媒体认为，当地警方管理不当，这么大的庆典活动只安排了五百个警察，难以维持十几万游人的秩序。痛定思痛，总结教训也好，亡羊补牢也罢，出发点都是好的,相信主办方以后安排娱乐活动时会更周密、更具体,对防范大规模群体性伤害事件会有一些帮助。

但是,笔者更想对国人喜欢大型庆典活动、喜好扎堆凑热闹的习性说道几句。本来过年过节一家人好不容易有机会聚到一块,搞个家庭音乐会自娱自乐,或拉拉家常说说里短,即使共同看看电视也蛮好的,甚至外出找三五知己小聚慢饮也是一种美的享受。如果是常年在异地打工或求学的年轻人,无法回到家和家人团聚,那就待在工地或学校宿舍打打牌、下下棋、看看书什么的,干一干自己喜欢、平时又没有时间干的事,不也挺好吗?这既能避开城市的噪声污染,又能缓解交通拥挤的压力,更能有效避免公共安全事故的发生,这样过节不是也很温馨吗?

可情况偏偏不是这样的,喜欢扎堆是人的天性。一遇闲暇或节假日,大家总是喜欢成群结队地跑到大街上,还专往人多的地方去凑热闹,给群体性安全事故的发生埋下了隐患。在现代社会特大城市中,如何维护好这大规模扎堆人群的秩序,不至于因为人流过密、无序流动,而使偶发性小概率事件变成大的安全意外,确实值得治安管理部门认真关注、好好研究。

办活动本来就是一个挑战,却偏偏有那么一些人和社会团体火上浇油,为了增添所谓的喜庆气氛,表达喜悦心情,还要举办一些容易引起人群骚动的活动。如每年的正月十六,很多地方都举行烟火晚会,开灯展、走高跷、舞龙狮等,有的主办方还邀请影视明星来助兴表演。好像不如此就无法表达喜悦的心情,不如此就无法展示地方官员的丰功伟绩似的。殊不知这样做给治安管理,以及预防群体安全事件带来了多大的压力,稍有疏忽就会发生类似于上海外滩踩踏事件一样的灾害。近年来,这样的悲剧在国内一再发生,难道还不能使我们警醒吗?

　　几千年来形成的喜庆形式该改改啦,传统的喜庆思维该摒弃啦——为了 36 个过早消逝的年轻生命,也为了众多家庭的安全幸福和整个社会的祥和稳定。希望类似的悲剧不再上演。

2015 年 1 月 4 日

"限塑令"的尴尬

当人们开始能够从煤炭和石油中提取原料制造塑料时,大概很难想象,塑料在能提供诸多生产生活资料、创造经济价值的同时,会带来这么多的副作用。特别是塑料购物袋的发明,虽方便了人们的日常生活,可负面效应也是巨大的。据报载,塑料购物袋不可水溶降解,回收处理也不到位。在很多地方,一遇到刮风天气,便会出现"废弃袋子满天飞,白色垃圾遍地跑"的现象,可谓一大奇观。不仅影响环境美观,更重要的是对土壤、水源和空气都造成了很大破坏,直接威胁到了人类的生存。"白色污染"越来越严重,已到了非治理不可的地步。

从二十世纪九十年代中期开始,世界上好多国家禁止生产和使用购物塑料袋,并寻找替代品。后来,我国也有了"限塑令"。所谓"限塑令",是指国务院办公厅于2007年年底下发的《国务院办公厅关于限制生产销售使用塑料购物袋的通知》。这个文件规定:从2008年6月1日起,在全国范围内禁止生产、销售、使用厚度小于0.025毫米的塑料购物袋;自2008年6月1日起,所有超市、商场、集贸市场等商品零售场所一律不得免费提供塑料购物袋。

这个禁令执行效果如何？据媒体报道,此前江浙两省九地市调查的综合结果显示:多个大型农贸市场有百分之八十以上摊位仍在免费提供塑料购物袋,百分之五十左右的摊主不知"限塑令"是什么,有一些摊主虽然知道这个规定,但觉得大家都不计较,认为此令可能已作废;百分之九十左右的购物者不自带盛物用的篮子袋子等。经济发展较快、居民法治意识较强的江浙等省份执行效果尚且如此,全国其他大部分地区的"限塑"情况大概也好不到哪里去。另一方面,"限塑"成"卖塑",过去大型超市、商场提供包装用品不收费,自从这个规定出台后,每使用一个塑料购物袋要收三毛钱。区区三毛钱,消费者根本就不在乎,该用照旧会用,起不到"限塑"作用。集腋成裘,用的人多了倒是给商场、超市创造了一笔不小的额外收入。由此可见,"限塑令"已基本名存实亡。

为了保护环境,确有必要"限塑",但现实是执行效果很不理想。政令的严肃性使其不能轻易被废除,于是此令几乎成了一纸空文。产生这种尴尬局面的原因是什么,该如何改变这种状况,几年来已有不少专家学者和业内人士站在不同的角度做过分析探讨,可谓见仁见智。

作为一个环保志愿者,我谈一点自己粗浅的看法,也算是为建设法治社会尽点绵薄之力。

我觉得"限塑令"执行不下去,主要是大众的消费习惯使然。塑料购物袋价格低廉、使用方便,免费提供给消费者也不会增加很多经营成本,所以一经"问世"就成了商家,尤其是个体摊贩一种不错的变相促销手段。另一方面,对消费者来说,它给上班族利用上下班的间隙拐到市场上购物买菜节省了不少时间和精力，省去了自带篮子袋子等的麻烦。一句话，如果排除环境污染因素，它提供了很多生活便利，满足了不少人图方便、懒省事心理，于是依赖上了这个极轻极薄的白色袋子。人一旦依赖上某种事物，必然会成为习惯（尽管是陋习）。习惯成自然，当环境污染并未立即威胁到每个人的安全时，事不关己，高高挂起的冷漠心态使众多消费者都染上这样的习惯就顺理成章了。在此情况下，也只能"法不责众"，"限塑"无力了。这就是"限塑令"执行效果不佳的根本原因。

如此说来，"限塑令"推行不下去只能不了了之吗？我觉得也不是。要想真正使"限塑令"起到限塑作用，就应从改变人们的生活习惯（陋习）入手，在促使人们"自觉不用"和想用而"无处供应"上做文章。想当年，很多地方推行"家庭生活垃圾袋装化"，几乎一夜之间填平了所有住宅楼倾倒垃圾的通道，迫使居民将垃圾装袋后，送到固定的垃圾箱里，大家不得不改变原来的习惯。这虽有强制的意味，但面对人们在从众心理驱使下形成陋习，靠自我觉悟又很难改掉的情形，强制一下有何不可呢？因此，在推行"限塑令"这件事上，除了加大宣传力度，让"白色污染"的危害家喻户晓、人人皆知外，还应放眼长远，放弃一些眼前的经济利益，综合治理，多管齐下。要明确专门机构和专职人员，首先巡查严罚违规生产厂家，其次禁止商品销售者携带不合规塑料袋进市场、超市等商业活动场所，从源头上堵住违规塑料购物袋进入人们生活的入口，还要奖励消费者自带置物用品购物。

说穿了，世界上什么事都怕"较真"。只要符合最广大人民群众的根本利益,符合人类社会发展规律的事,一"较真"就没有执行不了的限令,没有改变不了的陋习。

2014 年 12 月 31 日

"诽谤"随想

《中国青年报》报道,东北某县警察以"诽谤罪"为名抓捕了《法制日报》的一名记者,因为该记者对该县拆迁引发官民冲突的事件进行了采访报道,牵涉到了县委书记。对此我有三点想法:

其一,在我一个普通读者看来,采访刊发、批评报道是新闻记者、新闻媒体实施监督的正常手段,《法制日报》的批评报道也丝毫看不出诽谤之意。如果批评错了或不合事实,可以通过正常渠道说明情况或要求重新调查核实都未尝不可。即使批评了县委书记确有诽谤之意,也可以通过正常的司法途径处理,何以直接动用公权大动干戈,公然蔑视新闻监督?简直成了老虎屁股摸不得,气量如此狭小,胆量却如此之大。

其二,在现行的政法管理体制下,公检法部门都在县委书记领导之下,他们办县委书记"被诽谤"的案子,如何保证公平公正,不令人生疑呢?按照司法回避的原则,即使是立案处理,也应由没有直接利害关系的另一地方立案办理,稍具法律常识的人都懂得这个道理。偏偏涉事地方的执法者和领导们"想不明白",堂而皇之地进京抓人,抓的还是《法制日报》记者。司法部门就是用如此的执法服务领导吗?

其三，我国大规模开展普法教育已近三十年，公民法律意识普遍提高了，政府人员依法行政成为常情。党政领导本应率先垂范，保护人民合法权益，依法依规解决正当诉求。而这位"一把手"不仅不解决，却横加指责、故意刁难，这里的经济社会环境会是什么样子呢？

中国历来重视为官者的修身之道，历史上凡有成就之人，无不具有虚怀若谷的胸襟，能虚心接受批评，所谓"良药苦口利于病，忠言逆耳利于行"。中国共产党为人民谋利益，从来就没有惧怕过批评，还把批评和自我批评作为"三大法宝"之一，延安整风时期毛泽东同志就提出要"言者无罪，闻者足戒；有则改之，无则加勉"，正是这样才取得了革命和建设、改革与开放一次又一次的辉煌胜利。然而，有些"人民公仆"在市场经济条件下把优良传统抛到九霄云外，在自己的"一亩三分地"里唯我独尊、以言代法，一遇批评和监督便如芒在背、浑身不自在，恨不得将异言扫除干净。虽然这只是个别地方个别官员的做法，却破坏了党群干群关系，甚至威胁到了党的执政之基。

党的十七大报告明确提出，"确保权力正确行使，必须让权力在阳光下运行"，"完善制约和监督机制，保证人民赋予的权力始终用来为人民谋利益"。相信随着"依法治国"方针的全面落实和普法教育的深入推进，"官本位"思维终会被各级官员所抛弃，依法行政的路子会越走越宽，类似于进京抓记者这种压制批评、抵制监督的现象终会消失，法治、公正、文明的社会环境将越来越好。

2008 年 1 月 16 日

长城·城墙·院墙

来北京出差,办完事恰逢周末,我和同事两人趁便去了一趟八达岭,参观了据说是好汉必须到达的地方——长城。

担心路上堵车,我们早上六点半就从市内驻地出发了,沿京藏高速一路向北。路上车流依然如长蛇般,我们走走停停,六十多公里的路足足走了两个半小时,九点多才到达长城脚下。我是第一次来,同事却已多次到过这里,他比较熟悉路途,自然是个好向导。时间还早,游人并不是很多,我们七拐八折后走上长城,沿着步梯拾级而上。此时已是深秋,天空笼罩了一层薄薄的白雾,看不清太阳,同事却说这种天气其实很难得。果不其然,登上长城休息了一会儿,白雾便渐渐散去,逐渐晴朗起来。极目远眺,一派郁郁葱葱的景象,墙外高的绿树、矮的青草,墙垛上人工摆放的盆景红黄绿相间,配上正在散去的团团白雾,仿佛置身人间仙境,非常惬意。

同事指着一个标示牌告诉我,这里是水关长城,是这段长城的首选景点。水关长城是明代长城遗址,由抗倭名将戚继光督建,距今已有四百多年了。前行不远,到达水关箭楼。此楼设计可谓匠心独运,兼具瞭望观察功能,攻防一体,同时还是水门,故名水关。此段长城建于险谷口,依山势而行,像苍龙起伏于嵩山峻岭之间,又似雄鹰展翅欲飞。站在箭楼向前凸出的"V"字形尖角处向远处眺望,峰堡相连、地势险要,近看则互为掎角之势,易守难攻。

我们在城墙上边看边走。同事用力踩了一下墙砖,思索片刻后,问我:"您说古人修这堵高大围墙,真的挡住了北方的进攻吗?"我笑了笑,思绪转向久远的历史长河中。从西周开始直到明代,为了阻挡草原铁骑的入侵,大汉民族的历代君王们役使大量的人力物力,不遗余力地辛苦修筑这条长长的高墙,关门封闭起来,过自己的日子与外人互不干扰,从没有想过开疆拓土,去掠夺别人的土地。即使有像秦始皇、汉武帝、明成祖那样雄才大略的帝王,想到的也还是守,绝不大肆搞对外扩张。大概,新中国建立之前长期闭关锁国的思想和行为就是这样渐渐形成的。

可是,这堵"高大的围墙"又挡住了何人呢?秦汉时期的匈奴、突厥,后来的蒙古、女真,草原民族的铁骑多少次踏破长城,进出中原,来去自由如入无人之境,倒是被称为夷族的女真入主中原后未修长城。康熙皇帝在蓟辽总督奏报长城破败需要维修的奏折中御批:"古北龙旗近,渔阳凤辇行,戍楼烽火息,险岂借长城。"(《出畿东关秋成》)修它也没有用,真正的长城不在砖墙,而在民心和军队实力上。正像一代伟人毛主席所说的:"军民团结如一人,试看天下谁能敌。"

据考古挖掘,夏商时期的城邑没有城墙,民间也没有院墙。周朝立国初期,分封了大大小小七十多个诸侯国。为了界定各自的势力范围,防止别国进犯,诸侯国开始在边界筑起了高墙,这就是原始的长城。上行下效，城邑也逐渐打起了城墙，居民住家也依葫芦画瓢打起了院墙。最初用泥土围起来，慢慢地被砖墙替代了。秦统一六国后，干脆把北部诸侯国的长城连接了起来，号称万里。以后许多朝代也多有维修，我们这个民族逐渐成了酷爱打围墙的民族。现在的政府机关、社会团体，还有居民小区、农村住户，只要有自己的一亩三分地，就都要打起围墙。

时光已逝，长城犹在。电视剧《三国演义》主题曲唱道："暗淡了刀光剑影，远去了鼓角铮鸣……"随着火药在军事领域的广泛应用和兵器工业的发展，高墙已经不能阻挡外敌了，长城成了供游人欣赏参观的历史文化遗产和爱国主义教育基地。城邑的城墙，除极个别作为文物保留了下来以外，大多在城市建设的高速发展中被拆除得无影无踪了，而作为安全屏障的围墙、院墙却还傲然屹立着。我们真正渴望的应该是，解放思想无止境，人们心里的围墙应该随着改革开放的深入而消失吧。

2000 年 11 月

可是，天知道！

H县是个农业大县，小麦产量在全国是数一数二的。近年来，县里做出重大决策部署，提出要"粮食就地转化，搞好粮食精深加工"，实现由农业县向工业县的转变，并大力扶持面粉和食品精深加工行业的投资和发展，在土地审批、信贷发放和劳动用工等政策方面给予优惠倾斜。短短两年之内，规模不小的企业就由原来的两家发展到了十二家，不上规模的小作坊更是遍地开花。只是什么事都有一个度，在一个县域范围内，集中这么多同类型企业，大家都吃同一碗饭，干同一种活，彼此之间难免竞争激烈，大家都在为生存和发展动脑筋。可是有一些厂家不是在质量、成本和销路上寻求突破，而是打起了税收的主意，千方百计讨国家便宜，想少缴点税。

近年来，县国税局在面粉加工行业税收征管方面采取了不少措施，但由于增值税在农产品加工进项税抵扣方面规定的特殊性，再加上这些农民合伙投资兴建的企业账簿不很健全，使得税务部门对行业税负的把握和掌控颇为困难，大多采用了核定征收的简易办法。"张兴良面业有限公司"不是这样，他们专门从市里聘请了财务人员，健全了账簿和核算制度，严格按照增值税制度的规定核算和申报缴税,每月缴纳的税款都要比其他同规模、同类型的企业高出两倍以上。对此,老板张兴良并不觉得吃亏,反而有心安理得之感。因为他就是这样一个特别认真的人,无论做什么事都主张一是一、二是二,从不弄虚作假。但凡听到有人靠投机取巧或坑蒙拐骗暂时得到一些利益时,他总不以为然,与人议论时常挂在嘴边的一句话是:"这样做……可是,天知道!"

据他自己说,之所以做事信奉"天知道",源于他家里发生过的一件事。二十世纪八十年代末,当地铺设输气管道时,一条管线恰从他们家屋后经过。他弟弟就悄悄在管道上打了一个眼,焊接了一个小管把气引到了自己屋里,以供日常生活使用,做得很隐蔽,神不知鬼不觉的。不料,两个月后,小管发生了漏气,维修时发生爆炸,他弟弟被烧成了重伤,通过植皮才保住了性命,落下了终身残疾。对这种偷油窃气的行为,油田不负任何责任,何况这种行为本来就是违法的,只是鉴于当事人已被严重烧伤,才没再治他的罪。后来,油田工人在他家拆除非法输气管时说了一句话:"以后千万不要再干这样的事了,你们以为别人不知道,可是,天知道!迟早会暴露的。"这让他终身不忘。从此,一遇到有人做事捣鬼,"天知道"就出现在他的大脑和口中。

"兴良公司"真实核算及申报缴税的情况,反衬出了其他几家企业核定的应缴税额严重不足的事实,县国税局也在积极研究对策,探索对面粉加工行业实施更为精准和有效的税源管理办法,只是因缺乏准确的第一手资料,暂时还没有推出罢了。几个企业的老板们听说这些情况后不高兴了,如果不把"兴良公司"的税负拉下来,自己的税负肯定会被税务局盯上,并很快调上去。于是,他们明里暗里通过某些行业协会或组织出面向张兴良施压,要他少申报点,或与多数企业一样申请改用核定的办法缴税。对此,张兴良一律回绝,他对那些人说:"咱们这个行业利润不厚我清楚,但谁该缴多少税,大家心里都跟明镜似的。我管不了别人,但管得了自己,该缴的税我一分也不会少缴,否则对不起国家。"

那些人见直接劝不起作用,就想其他办法。知道他是县里有名的"妻管严",就多次诱之以利,给他妻子做工作,叫他妻子出面阻止。谁知道在这个事情上,他偏偏不听妻子的。一次,劝说无效后,妻子骂他:"税务局也没人整天盯着你,又不知道你到底该缴多少。别人都能申请定税少缴,要不也能开收购发票顶税少缴,可你偏不,又是请会计,又是实打实地缴税,天底下哪有你这样的大傻帽!"他听了妻子的辱骂,不急不躁地回应:"傻帽就傻帽。税务局不知道,可是,天知道!反正对不起国家的事我不会干。"就这样,张兴良坚持自己的原则,谁也拿他没有办法。

后来,县国税局制定出了"面粉加工行业耗电量计税法",通过电业部门的数据平台获取了各个企业的耗电量信息,再结合长期调查了解得到的其他数据,重新核定企业税款,用收购发票顶税的法子行不通了,企业可钻的孔子也越来越小,整个行业的税负大幅提高。对少缴税款的企业,国税局又对其进行了检查,责令其补税罚款,那些曾经为获得蝇头小利而沾沾自喜的人受到了惩罚。

照实纳税的张兴良,一心一意在提升产品质量和降低生产成本方面下功夫。他高薪聘来面粉加工行业的专业技术和经营管理人才,设备和管理不断创新升级,还新上了一条高端食品进口设备生产线。一年后，"兴良面业"获得了省国税局和地税局联合授予的"诚信纳税先进企业"称号，还获得了省消费者协会颁发的"质量信得过品牌"等其他荣誉，企业经营更加蒸蒸日上，外来参观者络绎不绝。张兴良从一个默默无闻的小人物变成了远近闻名的农民企业家。

"可是，天知道!"这短短的五个字成了张兴良做事时心中把守的底线，成了衡量一些事情该干不该干的戒律。可能正是如此，才成就了张兴良和他的企业，让那些违法行事、贪图小利者相形见绌。

文明城市咋"验收"?

　　近几年,为了强调精神文明建设的重要性,展示精神文明建设的成果,各地都广泛开展了文明城市和文明单位创建,并定期组织检查验收活动。这本身就是社会主义精神文明建设的一个重要内容,属于"文明细胞"建设,但有些组织者和参与者没有真正搞清楚活动的含义,方式方法不得当,客观上违背了文明建设的初衷。我们看到,文明称号和某些特殊利益挂起钩来,成了参与者竞相抢夺的一种稀有资源;对组织者来说,把这个称号授予谁就是一个天大的恩赐,逐渐抬高了竞争的门槛。你想要这个称号吗?那我就对你进行全面检查,再分为初次入门验收检查和到期复检。申请者使尽浑身解数探秘摸底、巧妙应对甚至托关系、找路子也要把"文明城市"拿到手,活生生把一个原本高尚文明的活动变成了一次低级庸俗的交易。

　　早在 1986 年,党的十二届六中全会《中共中央关于社会主义精神文明建设指导方针的决议》就明确指出:"社会主义精神文明建设的根本任务,是适应社会主义现代化建设的需要,培养有理想、有道德、有文化、有纪律的社会主义公民,提高整个中华民族的思想道德素质和科学文化素质。"可见,文明城市创建的核心是对"人"的要求,应该是"软件"升级而非"硬件"提升。

提高城市人的素质,很多内容和要求都无法具体变成数字指标以供检查验收。这就好像我们评价一个人,不能说这个人有百分之八十的道德,一个单位有七分科技含量一样。衡量这个城市是否文明,应不应该获得文明称号,只能根据一个城市的整体社会形象,包括法治情况、作风状况、人们的精神风貌等去评估。有关部门制定的"文明测评体系"很难测评出"城市人"的文明程度,实际检查效果也恰恰不是这样。像这样没有抓住根本的文明验收会有怎样的导向,又有多少实际意义呢?

获得文明城市称号确实能给地方政府官员带来一些显性政绩和荣誉,检查验收期间也能给当地老百姓带来一些感觉上的变化,如城市变干净了,天空变蓝了,交通秩序好转了,等等。于是各地参创文明城市的热情都很高涨,申报文明城市的数量和最后能够被授予称号的数量存在很大的差距,所以竞争很激烈。有些地方为了获得"文明城市"称号,可以说不计成本、不遗余力,除了花费大量人力、物力、财力打造所谓城市靓丽形象外,还采取了一些不正常甚至匪夷所思的手段来应付检查。维护好环境、打扫好卫生、整治好交通秩序,对老百姓来说当然是好事,但往往只是"一阵风"应付检查而已,检查一结束,一切又恢复原样。把一些街头个体摊点全部临时取缔,既不方便群众生活又影响了从业者的收入;让机关工作人员和教师停止正常工作和教学,轮流到街头值班,去看护路段卫生;派人冒充群众和外地游客应对检查组暗访和提问,等等。凡此种种做派,和文明城市的内在要求相比真是大相径庭。

依笔者之见，要真正落实中央对精神文明建设的目标要求，就必须改变目前这种和文明不沾边的检查验收的方法。要重新修订"文明城市测评体系"，使之更适合社会主义核心价值观的内在要求，真正体现文明建设的本质。在操作层面，不能设置数量指标，让申报城市不能准备、无法应付。变"轰轰烈烈"式检查为详细摸底式抽查，变告知式为暗查式，变实地勘察为网上调查，变注重经济指标为注重人的内在素质，变征询本地人看法为征询邻近地区和外地游客意见。总之，这是一个长期的复杂的城市综合素质评价工程，不可能通过几天对城市的"相面"和随便找几个人询问一下就确定一个地方是否文明。

要还文明城市本来面目，以文明的方法验收文明城市！

2015 年 1 月 16 日

风筝与风气

　　新建的火车站尚未投入使用，干净整洁的站前大广场成了附近居民游玩健身的好地方。一天，我也带着六岁的孙子牛牛到这里玩耍。广场上很多人在放风筝，却全都挤在东南一隅，半空中的细线密密麻麻，随时都可能搅缠在一起。牛牛问我："爷爷，这边这么大地方他们为什么不来呢？"我也不明白，逗他说："他们在比赛，看谁放得高呢！"牛牛信以为真："咱们买个风筝在这边放吧，不跟他们比赛，我怕和他们的风筝缠在一起。"我答应了，带着他来到路边摊，花十五元钱买了一个老鹰形状的风筝。

　　一起来到空旷之处，牛牛高高举起风筝，听我一声"放！"就赶快松手，我拽着两三米长的线绳猛跑几步，顺势逐渐放线，风筝飘飘忽忽地飞了起来。牛牛高兴得手舞足蹈，大叫："飞起来啦！飞起来啦！快来风！快来大风！"可是风很不稳定，忽强忽弱，风筝像个真老鹰似的盘旋着，左右摇摆，随时都要俯冲而下。我只得手忙脚乱地将线绳时放时收，还顺着风势向后退，牛牛也当起了小指挥员，在旁边"放线！放线！……""卷线！卷线！……"地喊个不停。风筝终于稳了下来，高度也差不多了，回过头来，却发现我俩不知不觉地竟然也来到了东南角，和别人挤到一块了。

牛牛仰望着空中众多的风筝,不解地问道:"爷爷,不是说不和他们比赛吗,你怎么也到这里来啦?"经过这一番折腾我明白了,原来是风,是风势把我们引到这里来的。牛牛也像是明白了其中道理,从我手中要过线盘子,独自享受乐趣了。

我无所事事地瞅着眼前的景象,脑海中却浮想联翩,原来风筝对位置选择竟然如此重要,不由你不跟着它转。在当前的加强党风廉政建设和反腐败斗争中,有的地方和单位竟然大面积存在问题,甚至整个班子被连锅端掉。之所以会形成这种塌方式腐败,恐怕与长期养成的社会风气有关,风气坏了,清廉正义者就难有立足之地。对于风气问题,改革开放的"总设计师"邓小平同志早在三十多年前就曾经敲打过,只是这种情况一直没有得到根本扭转,现在不得不加大力气整治罢了。

革命化春节

春节是中华民族最传统、最盛大的节日，它意味着人们即将告别万木凋零的漫长寒冬，迎来春暖花开、万物复苏、万象更新的春天，满怀风调雨顺、五谷丰登的期待，自然要充满喜悦、载歌载舞。我出生于新中国成立之后，已经过了将近 60 个春节。我把它们分为具有鲜明特征的三个时期，即现阶段、"文革"中和建国初期，它们随着国家的命运起起伏伏。

过完这年春节一个月了。我问小孙子："咱们春节都干了什么事？"五岁多的他歪着脑袋想了想，回答说："吃饺子，放鞭炮。"停一会儿又补充道："妈妈不再很早拉我起来上幼儿园，可以在家睡大觉！大人也不上班啦。"是的，现在的春节就是放长假、吃饺子、放鞭炮、看春晚，人们窝在自己家里，还可以看电视、上网，这是现在的春节。

在我的记忆中，从建国初期直到"文革"前，那个"年味"可是足哦。要准备丰富的食物，要给孩子们添置新衣新帽。从腊月二十开始，家庭主妇们就都忙起来了。"二十三祭灶官"，外出的亲人也要赶回家里，家家户户都要祭奠"家神"灶王爷，祈祷他"上天言好事，下凡降吉祥"，举家团聚，一派欢乐祥和的气氛。"二十四扫房子""二十五挂族谱"……还有"二十八贴花花",要贴上对联、门神和窗花。"年三十祭祖坟",要上坟烧纸钱,祭奠先人。

　　除夕夜子时过后,大街上鞭炮声此起彼伏,不绝于耳,这才到了过年的高峰。在祖宗灵位前摆上花糕肉食作贡,族人虔诚地烧香叩头,祈求保佑全家平安。捞出热腾腾的饺子,吃了年夜饭,喝了辞岁酒,家家喜气洋洋,新的一年开始了。天未放亮,青年男女就要身着新装向长辈拜年祝寿,长辈也要给小孩子发压岁钱。大家纷纷涌上街头走门串户,街坊邻居互相祝福拜年。正月初二以后,天天都要走亲串友,问年事、话家常。

　　元宵节,村里乡里热闹得很。耍狮子、走高跷、舞龙灯、赶庙会,大街上人山人海。到了晚上,满街满城的烟花和灯火花团锦簇,使人眼花缭乱,把天空照耀得如同白昼。过罢十六,春节的气息才渐渐淡下去。虽然当时国家和老百姓都不富裕,过年仍然祥和而温馨。

　　"文革"以及随之而来的"破四旧",竟然让人们过了十几年不可思议的"革命化春节"。1967年元月,《解放日报》刊发了一封"革命造反派来信",倡议"春节不回家",被各大报刊纷纷转载。随后,《人民日报》又刊登了57个革命组织的倡议书——"破除旧风俗,春节不休假,开展群众性夺权斗争",里面写道:"'不破不立,不塞不流,不止不行',我们要大破大立。围绕春节,大造几千年封建主义、资本主义的旧风俗、旧习惯的反,大立无产阶级新风俗、新习惯。什么敬神、拜年、请客、送礼、吃喝玩乐,都统统见鬼去吧!我们工人阶级从来没有这些肮脏的习惯,我们有的是改造旧世界的力量,我们有的是砸烂一切旧制度的革命造反精神。地主阶级、资产阶级遗留下来的糜烂货色,我们要连根铲除,彻底焚烧。我们是旧世界的批判者,我们是新世界的创造者,让我们在全世界无产阶级革命造反派大联合,展开夺权斗争的关键时刻,度过一个最最具有历史意义的春节!"随后,国务院做出决定:1967 年春节不放假。

"革命化春节"是当时很时髦的政治口号。1969 年,村支书召开群众大会,安排过好革命化春节,开展春耕生产。县革委会规定:春节期间要继续做到"五不准"——"不准放鞭炮,不准烧香拜佛,不准滚龙舞狮,不准大吃大喝铺张浪费,不准赌博。"滚龙舞狮完全能禁得住,这种表演队也不是每乡每村都有,可烧香拜佛一般都是老太太在家里搞的,怎么能禁得绝。有一家母子二人,儿子是全乡的学习积极分子,主张移风易俗,不同意母亲初一五更烧香敬神。但母亲迷信很重,一辈子都是这么过来的,怎么能说不烧就不烧呢?协商的结果,香还照样燃烧着,但香案上摆了伟人著作,挡住了供品和神像,外人乍看发现不了。完全对立的两种事物共存于同一张桌上,同样贫困的两代人却分别属于"四旧"和"四新",听起来滑稽可笑,但它就真真切切地发生了。

三十晚上,村头大喇叭里播放着《白毛女》插曲,"北风那个吹,雪花那个飘,雪花那个飘飘,年来到……"把人们的思绪带回了那万恶的旧社会。按照要求,家家都要吃"忆苦思甜饭",先吃点用麸皮和着菜叶团成的菜团子,然后才能吃上年夜饭,提醒自己不能忘记旧社会的苦和新社会的甜。大吃大喝铺张浪费基本不存在,因为食物本来就短缺得很,菜团子也是充饥的好东西。夜里,大人们都要对着领袖像汇报一年的工作生产情况,再表达听从伟大领袖抓革命、促生产的决心,即所谓的"表忠心"。

"革命化春节"期间,生产队还要"抓革命促生产""革命加拼命""三十不停战,初一接着干""变冬闲为冬忙",各种各样的标语口号贴得到处都是。农业学大寨轰轰烈烈,农田水利基本建设突飞猛进,工地上人声鼎沸,红旗招展,一派繁忙景象。

那时没有电视,文艺活动就靠村里宣传队了。那些演员们白天在工地上干活,夜晚才能演节目。好在帝王将相、才子佳人的戏早就被禁止了,能唱的只有《红灯记》《沙家浜》那几部革命样板戏。我们村还排练了一部《三世仇》,是声讨地主恶霸的,开场前先把一个老地主拉上台批斗一阵子,斗完了让他弯腰低头站在角落里陪着。

"爆竹声中一岁除,春风送暖入屠苏。千门万户曈曈日,总把新桃换旧符。"宋朝宰相王安石的这首诗道出了过年就是除旧布新,就是变的事实。随着时代的发展和改革的深化,相信人们的年俗庆祝活动会在异常丰富多彩的同时,也会越来越文明与和谐,越来越体现出中国梦的时代特征。

诗言心声

参观中山陵

中山陵前祭中山，
心潮澎湃思万千。
为创共和举大义，
终结帝制两千年。
建国大纲绘宏图，
三项政策谱新篇。
伟业未成身先死，
国父英名万代传。

2016 年 10 月 5 日

车让行人赞

国庆长假杭州行，
汽车行驶真文明。
若遇行人横过路，
两边车辆皆暂停。
此等现象国内少，
一流都市也难行。
见微知著看发展，
杭州必领潮头风。

2016 年 10 月 6 日

元旦游园偶遇拍婚纱照者

北风凛冽雪如刀，
园中落寞人迹少。
忽见俊郎偕玉女，
白纱护体拍婚照。
身颤面紫臂僵硬，
搔首弄姿显娇俏。
为留人生精彩影，
天寒地冻浑不晓。

2017 年 1 月 1 日

抗战烈士陵园扫墓

国曾蒙难十四载，
万户悲艰神州哀。
全民抗战烽烟起，
誓逐倭寇斩狼豺。
先驱洒血抛头颅，
敢迎和平花盛开。
清明飞泪祭英杰，
岂容妖雾又重来。

2017 年 4 月 4 日

蝶恋花·雨袭晨练人

晨曦微露公园中，
红男绿女，
健身兴趣浓。
跳操舞剑打太极，
多人绕园疾步行。

乌云密布在天空，
片刻之后，
大雨似盆倾。
场地空旷无躲处，
众人皆跑园寂静。

2017 年 6 月 22 日

211

焦作迎宾馆

满园翠绿山花开，

房舍倒影湖中来。

旭日东升映红天，

光投碧波似彩带。

姑娘草坪舞姿美，

小伙球场身影帅。

宾客相遇笑脸迎，

主人热情我开怀。

2017 年 6 月 27 日

车行挂壁公路

玉带山中挂,车行贴壁崖。

脚下路空悬,耳畔风劲飒。

伸手摘云朵,决眦入飞鸦。

谷底碧波涌,山腰青藤爬。

美景无心赏,唯愿快出峡。

2017 年 7 月 13 日

悼茂县山体垮塌遇难者

轰隆一声天地动，
茂县有山突裂崩。
临山小村遭埋没，
百余人口殒性命。
苍天有情亦垂泪，
大地无言也哀痛。
祈祷逝者路走稳，
唯愿人间少灾情。

2017 年 6 月 25 日

观朝鲜"4·15"阅兵

战车轰鸣导弹过，
金帅微笑居中坐。
亿万民众苦谋生，
穷兵黩武却为何。
半岛烽火又将起，
朝美双方皆为祸。
六方会谈是正途，
周边无核中华乐。

2017 年 4 月 15 日

西 水 坡

湖水清清荡微波，
水边簇簇樱花落。
远处有岛满目翠，
脚下无路人如梭。
世人恍若到苏杭，
岂知却是古卫国。
君问究竟是何处，
濮阳郊外西水坡。

2017 年 4 月 16 日

西江月·雨打花落

风雨今又重逢，
戚城牡丹凋零。
上苍何忍摧国花，
空叹满地碎红。

黛玉亦曾哭葬，
子规泣血送行。
忽闻曹州花正怒，
明朝驱车寻踪。

2017 年 4 月 18 日

谷 雨

——和张运堂先生

布谷声声迎早夏，
紫烟衔泥忙安家。
雨润大地时令正，
农人播种催枝芽。
桃梨芬芳已散尽，
独见牡丹正勃发。
人间四月风光好，
偕友赛诗赏国花。

2017 年 4 月 19 日

纪念香港回归二十周年

理论创新有远见，

一国两制开新篇。

百五十载屈辱史，

九七回归霾尽散。

香江两岸齐欢呼，

五星紫荆旗双展。

二十年来愈繁荣，

中华再立世界巅。

祖国统一大势趋，

唯愿台海早团圆。

2017 年 6 月 30 日

鹧鸪天·月季

晨曦微露月季开，
游园扶花香满怀。
忽闻枝头众雀唱，
疑是百鸟朝凤来。

桃红褪，梨脱白，
百花谢去春不再。
独有月季又绽放，
艳绝群芳品也盖。

2017 年 4 月 25 日

渔家傲·赞国产航母下水

万里海疆波浪翻，
举国欢腾声震天。
惊醒龙王出宫问，
齐声唤，
航母下水在今天。

甲午耻辱过百年，
中华崛起梦正圆。
水族众生也亢奋，
航母在，
敌寇敢来必全歼。

2017 年 4 月 26 日

采 槐 花

槐树枝叶茂，
花瓣随风扬。
清香飘万里，
蜂蝶追逐狂。
淑女踏青时，
举目槐千行。
笑摘满篮后，
全家喜品尝。

2017 年 4 月 27 日

参观汤阴岳飞庙(七章)

其一

北宋末年国荒唐，
官腐民奢露败象。
徽钦二宗不理政，
奸臣挡道篡权忙。
金人屡犯中原地，
生灵涂炭民哀伤。
终酿靖康巨耻辱，
两皇被掳大宋亡。

其二

汤阴地处洹河旁，
民风彪悍气势壮。
铸就岳飞英雄气，

刺字更勉少年郎。
拜师周侗为习武,
随母迁居到内黄。
读尽兵书志报国,
长大从军上战场。

其三

靖康难后北宋亡,
金人暴戾抢掠忙。
赵构借机谋上位,
南逃南京称新皇。
偏安一隅愿求和,
对外叫嚷须抵抗。
抗金旌旗遍地举,
中兴还靠岳家将。

其四

金军将士如虎狼,
宋人怯战多逃亡。
大片国土尽失陷,
岳家兵将怒已狂。
绍兴十年战郾城,

兀尤损兵又折将。
主帅败走急逃命，
鹏举完胜美名扬。

其五

岳家军威名远扬，
金人闻风胆已伤。
收复失地疾如风，
战罢许都功洛阳。
屯兵尉氏逼开封，
饮马黄河已在望。
克敌复仇指日待，
誓迎二帝回汴梁。

其六

岳飞前方激战忙，
高宗朝廷反思量。
更有奸相奏密折，
退兵求和宜保皇。
十二金牌一日下，
急召岳飞回朝堂。
复国大业梦破碎，

仰天长啸空悲壮。

其七

战功显赫爱国将，
加害岂知理难当。
罪名不劳秦桧口，
莫须有时何荒唐。
抗金名将蒙冤死，
万民悲愤祭忠良。
建庙立祠永凭吊，
丰功伟业万世仰。

2015 年 5 月 1 日

六十畅想曲(三章)

其一

退休闲暇无事干，
寄情文章诗词间。
山水花鸟家国事，
感慨皆可纸上谈。
想批欢迎你吐槽，
愿夸随便他点赞。
不为琐事找烦恼，
但求宜寿又延年。

其二

六十勿劳论功名，
成败得失随人评。
人生舞台已转移，

227

角色扮演要拎清。

种花除草打太极，

读书学习莫全扔。

含饴弄孙家庭乐，

身心和谐宜养生。

其三

退休勿说没事干，

寄情书画莫等闲。

朝也临摹晚也练，

以此打发空时间。

羲之真卿皆我师，

大千白石任评判。

世人休笑我狂妄，

实为预防脑痴癫。

2017 年 5 月 2 日

答 友 人

张兄论诗已多年，
出口成章众人赞。
李白天堂如有知，
也悔当年称诗仙。
愚弟半天憋几句，
怎比运堂挥笔间。
切磋重来含诗韵，
携手共游今词坛。

2017 年 5 月 2 日

立 夏 二 首

其一

立夏前夕雨纷纷，
路上积水鞋底湿。
忽然跑过一辆车，
溅得老夫水一身。

其二

立夏过后是小满，
麦穗灌浆在眼前。
带给人间清香后，
再留种子候来年。

2017 年 5 月 4 日

蝶恋花·C919大飞机赞

五月五日万众欢，
国产客机展翅翱翔蓝天。
空客波音齐惊唤，
从此天空三家摊。

大飞机梦今实现，
指日可待太空必建站。
大众创业同心干，
中华科技定领先。

2017 年 5 月 5 日

卜算子·芍药

人说牡丹贵，
我看芍药娇。
本来叶花皆相似，
何分晚与早。

晚也不到夏，
只把立夏报。
待到百花凋谢后，
唯有她含笑

2017 年 5 月 9 日

辩鱼玄机

——和张运堂并蕴真

一褒一贬鱼玄机，
好恶分明皆常理。
察人勿忘其背景，
晚唐社风太奢靡。
蓬生麻中自会直，
柔弱女子安由己。
若想少出龌龊事，
打破专制是真谛。

附 1：读鱼玄机

张运堂

千年悲歌鱼玄机，
冰雪聪慧何人及？
红颜自古多薄命，
才女天忌玉殒逝。
首首情诗泣鬼神，
绵绵相思遥无期。
三生石上泪空抛，
落花有情水无意。

附 2:叹鱼玄机

蕴真

褒贬参半鱼玄机,
才女心高命如纸。
追求爱情蛾扑火,
伤痛之后自暴弃。
既落空门不守静,
招蜂引蝶乱规矩。
妒火中烧鞭绿翅,
不怪薄幸陈公子。
才情却被才情误,
身败名裂责问谁。

2017 年 5 月 10 日

江城子·母亲节感怀

生我养我是母亲，
常思忖，倍感恩。
陵园墓碑，生死两离分。
娘去十年儿觉苦，
深夜泪，如雨淋。

梦里重回家乡村，
土坯房，众友邻。
心如潮涌，紧扯娘衣角。
慈祥笑容依旧在，
梦醒时，欲断魂。

2017 年 5 月 11 日

贺"一带一路"高峰论坛(三章)

其一

五月北京喜气洋，
花团锦簇披新装。
一带一路大论坛，
多国政要参会忙。

其二

大国领袖胸襟广，
主旨演讲语铿锵。
纵论全球发展计，
引领人类共富强。

其三

主会过后六分场，
同时分项写新章。
中国成就惠世间，
经验供于万邦享。

2017 年 5 月 14 日

东北庄杂技赞

濮阳郊外东北庄，

杂技之乡名远扬。

历史悠久艺精湛，

如今继承更发扬。

农家园内绝活多，

直让游客眼放光。

童子空翻穿火圈，

老妪仰卧足挑缸。

空中飞人轻似燕，

笼内摩托奔疯狂。

少女单车驮九汉，

小伙徒手攀高墙。

飞盘如雨不落地，

棍棒乱舞人不伤。

行走钢丝如平地，

人爬高杆比猴强。

驯虎犹如玩家猫，

耍熊颇似逗狗样。

种种表演道不尽,

村民终日喜洋洋。

2017 年 5 月 15 日

贵州游（三章）

其一

丙申十月天清爽，
文书邀我到贵阳。
秀美山水尽悦目，
美酒佳肴谊更长。

其二

云贵高原物产多，
茅台更是美名扬。
赤水河畔酒醇美，
离厂百里已闻香。

其三

遵义会议旧址旁，
驻足静观细思量。
若非当年易舵手，
安得后来国运昌。

2017 年 5 月 15 日

龙门石窟

伊水冲破两青山，
绿树倒映碧水潭。
岸边雕佛十万尊，
石窟密布紧相连。
人间仙境龙门地，
佛光普照逾千年。
朝拜览胜细瞻仰，
站卧打坐美无边。

2017 年 5 月 16 日

义务清洁员

为接学生路边站，
忽见过来一老汉。
停车拿出喷水壶，
洒水对准电线杆。
又拿铁刷和抹布，
小广告纸瞬时完。
老汉干完骑车走，
未及十米又停站。
原来刚过一情侣，
雪糕纸又扔路边。
老汉捡起放车兜，
对两背影连声叹。
笔者顿起好奇心，
快步走到车旁边。
手扶车把开口问，
汝干这事可自愿？
老汉闻言对我讲，

自己退休五六年。
常年骑车街上走,
原本只为把身健。
后见广告实在多,
有时贴满电线杆。
牛皮癣样小纸片,
看见就让人心烦。
这才拿起壶和刷,
当上义务清洁员。
不为名利不为钱,
只想城市更好看。
笔者听完暗自揣,
人性美丑云泥间。
有人做事只为己,
有人无私常奉献。
文明喊得震天响,
市民素质最关键。
官方也组志愿者,
不号召时总不见。
如此自愿当休矣,
何如身边一老汉。

2017 年 5 月 16 日

城管与小贩

呼啦下车人一帮，
路边小贩发了慌。
又拿东西又吆喝，
瞬间闹市变空场。
文明执法他不理，
强制又遭人骂娘。
猫鼠游戏何时了，
城管小贩两迷茫。

2017 年 5 月 18 日

小　满

小满时节麦已黄，
半月之后收割忙。
生命本靠粮支撑，
颗粒珍惜理应当。
如今餐桌浪费多，
暴殄天物太荒唐。
此等陋习如不改，
若遇荒年人悲凉。

2017 年 5 月 21 日

渔父词·快递小哥

无论城市与山乡，

少年驾车奔若狂。

走呼喊，

停张望，

快递小伙送货忙。

2017 年 5 月 23 日

盲人按摩师

胳膊疼痛耸肩难，
无奈乘车去医院。
抽血化验颇认真，
还要排队再拍片。
消炎挂水贴膏药，
费用花去近两千。
折腾多日不见效，
心中陡把烦恼添。
邻居闻讯对我讲，
此病无须进医院。
小区不远有按摩，
何不前去试试看。
听人说完不停歇，
找到这家按摩间。
进门一看按摩师，
双目失明眼有残。
我刚诉说完症状，

师傅即按不搭言。

拿捏臂膀轻拍打，

感觉肩头麻又酸。

上推犹如气在涌，

下按好似身通电。

如此反复半点钟，

费用只收二十元。

一个疗程十五日，

随意扭肩病已痊。

心怀感念夸师傅，

汝之医术赛神仙。

盲人医师轻摇手，

说我本是肩周炎。

如若早寻他治疗，

理应省下不少钱。

大医院里治重症，

小病枉自多花钱。

论症择医一席话，

使我心中尽释然。

身残心美医术精，

师傅必将美名传。

2017 年 5 月 25 日

长江污染

万里长江波浪翻，
哺育华夏几千年。
如今两岸化工多，
母亲河惨遭污染。
追求产值胡乱搞，
为发大财野蛮干。
如不强力真整治，
祸在当世害无边。

2017 年 5 月 25 日

水调歌头·长江叹

长江母亲河，
奔腾亿万年。
发自巴颜喀拉，
流经众山涧。
填充湖泊盆地，
一泻沃野千里，
映秀美河山。
哺华夏儿女，
灌万顷良田。

有地域，
重化工，
立两岸。
随便排放，
美丽江水遭污染。
肆意破坏生态，
盲目追求产值，

敢赚黑心钱。

下决心整治，

还碧水蓝天。

2017 年 5 月 25 日

　　5 月 25 日，央视焦点访谈揭露长江污染情况，看后心潮难平。随挑灯夜书，对照平仄韵律，填陋词一首，以抒胸臆。

割 麦 机

割麦机,在地中,
麦哥高坐机轰鸣。
头顶烈日遭暴晒,
灰尘环绕随身行。
为奔家庭小康路,
哪怕昼夜麦地行。
从南到北割一月,
麦季过后机器停。

一亩地,百余垄,
地块零散费时工。
三十四十都得干,
只因市场在竞争。
户主本身也不富,
讨价还价情理中。
干完活后回到家,

妻儿老少喜相迎。

2017 年 5 月 28 日

草 原 天 路

疑似巨龙欲飞天，
千回百转山腰间。
举头仰望白云飘，
侧目远眺绿浪翻。
风车高挂轮飞舞，
梯田灌水赛银盘。
君问此景何处有？
草原天路美无边。

2017 年 5 月 29 日

友人寄粽

竹叶青青糯米黄，
一年一度又端阳。
友人千里寄粽来，
礼虽不厚情意长。

2017 年 5 月 30 日

卜算子·清洁工赞

朝披星辰来，
暮踩灯光去。
日日挥汗如雨淋，
街道无尘粒。

不惧遭白眼，
何患收入低。
职业本无贵贱分，
劳动最美丽。

2017 年 5 月 31 日

六一儿童节

又是一年六月一，
少儿活动多有趣。
想起三年困难时，
老幼都在饿肚皮。
内有灾害外封锁，
国人坚强挺直脊。
改革开放富民路，
为强国家齐加力。

2017 年 6 月 1 日

城市散发小广告者

手拿纸片随意行，
横冲直撞马路中。
红灯亮时车刚站，
早有广告塞窗缝。
置身险境浑不顾，
未曾发财先发疯。
交警见状急吆喝，
怕他大意丢性命。

2017 年 6 月 2 日

广 场 舞

每天傍晚和黎明，
呼三喝五结伴行。
无论广场或路边，
稍有空地即占领。
花红柳绿站一片，
叽叽喳喳比喉咙。
音乐开得震天响，
四肢挥舞腰乱拧。
健身本来好处多，
噪声扰民可不成。
阿弥陀佛小声点，
高考在即多善行。

2017 年 6 月 4 日

割麦时下雨

割麦时间在芒种，
雨水淅沥下不停。
农人撑伞地头站，
望眼欲穿盼天晴。
收获只需三五天，
机会错过损失重。
祈求再晚几天雨，
既利割麦又益种。

2017 年 6 月 5 日

空巢老人

儿孙外出去打工，
独留老人在家中。
平常生活还好办，
就怕偶然得急病。
邻居可能也空巢，
亲戚路远误病情。
农村家庭多不富，
养老收费还不轻。
子女心中常牵挂，
无法安心外务工。
官方民间齐努力，
救助空巢促稳定。

2017 年 6 月 6 日

龙 湖 晨 景

初夏夜雨晨已停，

东边天际吐彩虹。

湖岸一众太极女，

红妆素裹舞正浓。

身旁数棵绿杨树，

微风轻拂叶颤动。

浑然一体美画卷，

倒映龙湖夺天工。

2017 年 6 月 6 日

高考学子

十二年寒窗，
今朝上考场。
为免除干扰，
警察来站岗。
家长翘首看，
考生更紧张。
成绩好与差，
卷上见真章。
两天考完后，
放松玩疯狂。

2017 年 6 月 7 日

六十练书法

年已花甲何所求，

松竹经霜早知秋。

梦里常回童年趣，

心中难忘故乡秀。

老牛蹄疾永不懈，

泼墨岂思千古留。

不羡陶翁东篱下，

乐在观帖与案头。

2017 年 7 月 25 日

太行山同学聚会有感

当年同窗师兄妹，

四十载后重相会。

两鬓虽白童趣在，

三生有幸终无悔。

太行栈道留倩影，

绿野仙踪饮共醉。

功名利禄过眼云，

唯愿康寿益社会。

2017 年 9 月 1 日

太行山度周末

太行山，山太行，

山中夏夜透阴凉。

空调电扇都下岗，

呼呼噜噜到天亮。

晨即起，爬山冈，

汗珠摔碎乱石旁。

忽遭山风来偷袭，

顿觉神清气又爽。

日正午，树下躺，

碧水青山静心赏。

蝶飞蜂舞身边绕，

更有写生少年郎。

饥肠叫，食欲强，

一荤一素馍菜汤。

三餐夜宿五十元，
笑脸相迎老板娘。

周日晚，急返乡，
天明又要把班上。
退休隐居此山林，
享乐保养老皮囊。

2017 年 7 月 3 日

接 学 生 记

老夫退后享清闲，
提壶清茶进公园。
找个凳子稳坐下，
一本旧书举眼前。
老眼昏花看不久，
呼呼噜噜入睡眠。
醒来一看天不早，
气喘吁吁学校赶。
汗流浃背跑到后，
学生已经快走完。
孙子拉手把我训，
哥们你可真贪玩。
你晚来会不打紧，
害我墙根晒半天。
闻言忙把笑脸赔，
以后老头再不敢。

2017 年 6 月 11 日

读梁会长诗集有感(三章)

其一

读君诗百篇,我等难比肩。
纵使脱鞋追,恐怕也枉然。

其二

文贤诗亦贤,句句出实言,
率真显本性,读者多点赞。

其三

来豫二十年,朋友遍河南。
家和事业兴,杜鹃多贡献。

后　记

在这本集子即将付梓之时,我心中有颇多感慨……

即使与经历过那个年代的同龄人相比,我的青少年生活也很是清苦。幸亏社会发展得很快,我的学业得以延续,继而有了稳定的工作,没想到在税务部门干了一辈子。几十年来,我从青年小伙变成了花甲老人,过得倒也很充实,面对迅猛变化的时代,总有点所思所想。于是工作之余喜欢写些东西,几十年下来竟积累了不少。同事说,有些文章有沧桑的感觉,也算是对历史的一点记录吧。

开始并没有想好书名,后来叫《浅思录》,我觉得还算中肯。谈不上什么深刻,无非是几十年的工作、几十年的生活,接触过形形色色的人,经历过纷繁芜杂的事。想想自己也为之付出了很多努力,每篇文章和诗词都糅合了自己的感受和情怀。如果某位读者能够说一句,这个老头想法还不错,挺好玩,我也就欣慰了。

领导、同事和朋友们的大力支持使我增强了信心。河南省国税系统文学社老社长梁文贤在百忙之中,挤出宝贵的时间审阅稿子,多次给我打电话、发短信指导,既深感其功力深厚,又钦佩其精益求精。陈志军同志在文章的润色、编排上给予了我很多具体的帮助。河南文艺出版社的编辑同志在对稿件的审读、编辑、校对上做了很多工作,在此一并致谢。